Blackbox Marriage

26 Geschichten
von A bis Z

über die Liebe
und
wie man sich
auseinanderlebt

© 2021 Mary Green

Umschlaggestaltung: Dyana Wang

Verlag & Druck: tredition GmbH, Halenreie 40-44, 22359 Hamburg

ISBN: 978-3-347-40336-9 (Paperback)

ISBN: 978-3-347-40337-6 (Hardcover)

ISBN: 978-3-347-40338-3 (E-Book)

Um die Anonymität der Personen zu gewährleisten wurden Berufe, Orte und andere Details verändert. Der Datenschutz ist somit berücksichtigt.

Bibliografische Information der Deutschen Nationalbibliothek:

Die Deutsche Nationalbibliothek verzeichnet diese Publikation in der Deutschen Nationalbibliografie; detaillierte bibliografische Daten sind im Internet über http://dnb.d-nb.de abrufbar.

Meinen allergrößten Dank richte ich an meine Mutter, ohne die ich nie studiert hätte. Ihre stetige Unterstützung und der Glaube an mich haben mich immer motiviert und zum Ziel gebracht. Sie ist der bewundernswerteste Mensch, den ich kenne, und meine beste Freundin.

Ich danke meinem Mann und meinen Kindern, die mich in dieser Idee, dieses Buch zu schreiben, gestärkt haben.

Weiters danke ich meiner Freundin Kristina, die mir immer zur Seite steht, und eine wichtige Rolle bei diesem Buch hatte.

Ich danke auch meinen Freundinnen Maresi und Suman, die mir bei der Umsetzung beigestanden sind.

Inhalt

Vorwort

Eine glückliche Ehe, Wunderkinder und noch tollere Enkelkinder. Das Paar liebt sich wie am ersten Tag, alle sehen toll aus, es gibt niemals Streit und alles ist einfach perfekt. Sogar die Haustiere sprechen Englisch.

Das ist doch eine Lüge!

Wir befinden uns nicht in einem romantischen Hollywood-Film.

Willkommen in der Realität! Bei uns läuft nicht alles rund. Es wird gestritten. Es gibt Probleme mit den Kindern. Wir haben nicht täglich Sex. Menschen sind, wie sie sind.

Das Beste: Mit uns stimmt alles, denn nirgends ist ALLES perfekt!

Aus irgendeinem Grund wird in Sachen Ehe und Familienleben gelogen, dass sich die Balken biegen. Ich bin es leid, tagtäglich Menschen zuzuhören, wie sie im Restaurant, im Park oder beim Einkaufen erzählen, wie perfekt ihr Leben ist und wie wunderbar es in ihrer Familie läuft. Der Schein wird gewahrt, denn was würden sonst die Nachbarn, Arbeitskollegen, Kunden oder Freunde denken? Man vertraut sich niemandem an, es geht schließlich keinen etwas an, was in unseren vier Wänden passiert. Und dann heißt es plötzlich: Wir haben uns auseinandergelebt! Wir trennen uns. Genau das war meine Motivation, dieses Buch zu schreiben.

Doch was heißt überhaupt auseinanderleben? Es gibt zahlreiche Beispiele, Ereignisse und Verläufe, die unter den Begriff „auseinanderleben" fallen. Per Definition bedeutet es, wenn jeder in einer Beziehung getrennte Wege geht, man keine Gemeinsamkeiten mehr hat, sich entfremdet, dann lebt man sich auseinander. Recht gut und schön, aber warum? Was ist der Grund dafür, dass wir eigene Wege gehen?

Ich möchte in meinem Buch aufzeigen, wie vielfältig die Aussage „Wir haben uns auseinandergelebt" ist. Oft nehmen wir diesen Satz einfach so hin, als wüssten wir, wovon der andere spricht. Meine Texte ermöglichen einen

Einblick in private Umfelder. Ich lade Sie zu einem „Blick hinter die Kulissen" ein, der unter normalen Umständen kaum möglich ist. Man könnte es auch etwas voyeuristisch nennen, dennoch neutral und ohne jegliche Wertung. Sie bekommen Fakten zu lesen, von denen Sie sich selbst ein Bild machen können.

In diesem Buch werden ausschließlich mitteleuropäische Paare beschrieben.

Einleitung

Bei einer Blackbox wird die Information erst ausgewertet, wenn etwas passiert ist. Zwar wird sie von Zeit und Zeit gewartet, aber eben nicht analysiert. Sie läuft in einer Endlosschleife, die immer wieder überschrieben wird – solange, bis eben ein Problem entsteht.

Genau deshalb habe ich auch den Titel Blackbox Marriage gewählt. Dieses Buch symbolisiert die Blackbox, die ausgelesen wird, nachdem sich ein Paar auseinandergelebt hat.

Ich beschreibe 26 verschiedene Varianten (von A bis Z) von Beziehungsverläufen aus meiner Praxis als Psychologin. Es ist jedoch nur ein Ausschnitt von dem, was es bedeutet, sich auseinandergelebt zu haben. Beziehungen wie du und ich und doch ganz anders?

- A -

Herr und Frau A sind dreieinhalb Jahre verheiratet. Nach Aussage von Herrn A ist das Paar die ersten eineinhalb Jahre ihrer Ehe wirklich glücklich. Beide sind berufstätig und sehr auf ihre Beziehung fokussiert. So, wie man sich eine gelungene Beziehung vorstellt, erzählt Herr A.

Er ist aufgrund seiner Herkunftsfamilie gut situiert und kann einen angenehmen Lebensstandard ermöglichen, den sie beide genießen. Frau A ist Russin mit ausgezeichneten Deutschkenntnissen und- wie Herr A oft betont- ausgesprochen - Rollenbild, das beiden gefällt.

Das gemeinsame Haus, welches Herr A in die Ehe eingebracht hat, befindet sich unweit von seiner Mutter. Seit dem Tod seines Vaters kümmert er sich um sie. Die Mutter von Herrn A ist realistisch, bodenständig und benötigt nicht viel. Für Herrn A ist sie ein wichtiger Mensch und stellt ein Regulativ dar. Ab und zu berät sie ihn, hält sich aber meist im Hintergrund.

Die Mutter von Frau A lebt in Russland und beginnt nach dem Tod ihres Mannes- rund ein Jahr nach der Hochzeit von Herrn und Frau A - die Tochter zu besuchen. Sie bleibt immer für einige Wochen. Dieser Umstand belastet das Paar sehr. Die Mutter kann nicht im Gästezimmer schlafen, weil sie gegen den Teppichboden allergisch ist. Das führt dazu, dass sie im Wohnzimmer nächtigt und dieses nur mehr bedingt von Herrn und Frau A genutzt werden kann.

Zu dritt im Zimmer

Frau A versucht ihre Mutter bestmöglich in ihrem Schmerz zu unterstützen und überredet Herrn A, sie auch in den Urlaub mitzunehmen. Die Gutmütigkeit von Herrn A geht soweit, dass das Paar und die Mutter in einem Dreibettzimmer schlafen. Die Mutter nächtigt mit der Tochter im Doppelbett und Herr A muss sich auf dem Zusatzbett niederlassen. Es ist selbstredend, dass Herr A sämtliche Kosten übernimmt. Er fühlt sich miserabel und versucht die Situation zu retten, indem er das Beste daraus macht und abwartet, bis die Schwiegermutter wieder das Weite sucht.

Nachdem die Mutter von Frau A abgereist ist, schöpft Herr A Hoffnung, dass es wieder aufwärts geht. Aber dem ist nicht so. Frau A ist auf einmal mit ihrem Auto unzufrieden, da ihre Freundinnen ein Schöneres besitzen. Also hätte sie auch gerne ein neues, besseres und schnelleres Auto. Ein Fahrzeug, das ihr sozusagen mehr Prestige verleihen würde. Herr A widersetzt sich aber diesem Wunsch. Er meint, das Auto seiner Frau sei durchaus noch gut, voll funktionstüchtig und nicht alt. Frau A ist enttäuscht und reist, ohne ein Wort zu sagen, in das Feriendomizil des Paares, welches einige Stunden vom Wohnhaus entfernt an einem See liegt. Abends ruft sie ihren Ehemann an und verkündet, dass sie erst in einigen Tagen wieder zurückkommen würde. Herr A ist betroffen und gekränkt.

Ab diesem Zeitpunkt wird kaum mehr gesprochen. Nach ihrer Rückkehr zieht Frau A aus dem Schlafzimmer aus und nächtigt im Wohnzimmer. Am Wochenende ertränkt sie ihre Unzufriedenheit, oder wie sie es bezeichnet, ihren Kummer, in Alkohol. Frau A betreibt das so exzessiv, dass sie sich kaum mehr auf den Beinen halten kann. Die Wochenenden sind nicht mehr frei für gemeinsame Unternehmungen, da sie meist ihren "Kater", sprich ihre Übelkeit, betreuen muss.

Herr A ist sehr gebrochen und zieht in das Haus seiner Mutter, um der Situation zu entfliehen. Er bittet seine Frau um die Scheidung. Bis alles erledigt ist, kann sie jedoch im Haus bleiben. Er möchte aber, dass sie die Betriebskosten zahlt, weil sie die Heizung auf 30 Grad plus hinauftreibt.

Frau A zahlt- wie erwartet- keine Betriebskosten. Das Heizöl leert sich und das Haus wird ungemütlich und kalt. Das Gleiche spiegelt sich auch in der Kommunikation wieder. Nach einigen Monaten der Kälte zieht Frau A aus und ward bis auf einige wenige Erscheinungen in den Träumen von Herrn A nie mehr wieder gesehen.

- B -

Herr und Frau B sind ein sehr arbeitssames und zufriedenes Paar. Sie haben sich ein kleines Häuschen geschaffen, in dem sie sich wohl fühlen. Das Einzige, was ihrer glücklichen Welt fehlt, ist ein Kind. Weil es leider nicht klappt, entscheiden die beiden, eines zu adoptieren. Das Ehepaar B macht sich auf einen langen Leidensweg gefasst. Von Freunden haben sie nämlich gehört, dass die Bürokratie sehr anstrengend sei. Sie haben jedoch Glück und bekommen innerhalb kürzester Zeit einen kleinen Sohn.

Der Kleine wächst heran und es wird ihm jeder Wunsch von den Augen abgelesen. Er ist der Inbegriff eines Goldschatzes seiner Eltern. Es werden keine Mühen und Kosten gescheut, damit es dem Buben gut geht. Das Glück über seine Anwesenheit ist grenzenlos und wunderbar. Auffällig ist nur, dass er dazu tendiert, sich mit anderen Kindern zu streiten. Er eckt oft an oder schlägt sich auf die Seite der „troublemaker".

Seine schulischen Leistungen sind nicht überragend, aber in Ordnung. Es kristallisiert sich heraus, dass eine Lehre für ihn gut geeignet wäre. Selbstverständlich wird es ihm ermöglicht, nebenbei den Führerschein zu machen. Die Lehre geht schief, seine Eltern bemühen sich, eine andere Lehrstelle zu finden, aber diese passt leider auch nicht. Der Teenager wird zunehmend unzuverlässig und aggressiv. Seine Eltern bemühen sich, ihm alles aus dem Weg zu schaffen. Statt Dankbarkeit zu zeigen, beginnt er herumzuschreien und zu fordern.

Frau B möchte der ganzen Sache Einhalt gebieten und bespricht das Problem mit ihrem Mann. Dieser ist jedoch ein Konfliktvermeider und er meint, dass es besser sei, dem Sohn alles zu erlauben. Die Harmonie zwischen Frau und Herrn B ist nicht mehr, wie sie einmal war. Es kommt häufig zu Streitgesprächen. Frau B ist verzweifelt, sie kann sich nicht erklären, warum ihr Sohn sich in keiner Weise so verhält, wie es ihm vorgelebt wird. Nach der Führerscheinprüfung fordert er ein Auto, das er auch anstandslos bekommt. Seine Freundin zieht bei ihm, sprich im Elternhaus, ein. Dadurch wird die Situation aber nicht besser, sondern verschärft sich massiv. Beide arbeiten nicht, liegen nur herum, essen und sehen fern. Der Sohn möchte die Lehre nicht mehr machen, nichts arbeiten und schon gar nicht weiter in eine Schule gehen. Frau B will dem Ganzen endgültig einen Riegel vorschieben und stellt den Sohn zur Rede. Herr B fühlt sich zwar zunehmend schlechter, aber er weigert sich, etwas zu unternehmen, außer seinen Kopf in die Flasche zu stecken.

Polizei vor der Tür

Der Sohn packt seine Sachen und zieht in ein kleines Gartenhaus, welches der Familie gehört. Dort haust er mit seiner Freundin. Kurze Zeit später steht die Polizei vor der Tür. Frau B ist entsetzt, zahlt aber die Strafe, die ihr Sohn wegen einer Geschwindigkeitsübertretung bekommen hat. Nach Hause kommt er nur, wenn ihm das Geld ausgeht. Ungefragt nimmt er alle Lebensmittel mit, die er brauchen kann und verschwindet, wie er gekommen ist. Sein Aussehen ist ungepflegt und schlampig. Frau B krampft es das Herz zusammen, wenn sie ihn so sieht.

Nach keinem Besuch beziehungsweise Gespräch erfolgt eine Besserung. Immer öfter steht die Polizei vor der Tür. Frau und Herr B streiten dauernd und weichen einander aus.

Dazu kommt noch, dass sich schließlich auch die Nachbarn für die Situation interessieren, was Frau B sehr unangenehm ist. Herr B ertränkt seinen

Kummer in Alkohol, seine Frau isst viel und nimmt massiv zu. Sie befindet sich in einer für sie ausweglosen Situation und versucht, sich abzugrenzen. Der Sohn kommt nun auch nachts mit fremden Leuten ins Elternhaus, deshalb nimmt ihm Frau B den Schlüssel weg. Es kommt zu einer Auseinandersetzung, wobei der Sohn Frau B beschimpft und wegstößt. Herr B befindet sich in Schockstarre.

Frau und Herr B finden keine Möglichkeit, aus dieser so einträchtig beginnenden und nunmehr so frustrierenden, aggressiven und für sie fremden Welt, einen Ausweg zu finden. Die einst so harmonische Ehe ist ein Scherbenhaufen.

- C -

Frau C und Herr C sind über 30 Jahre miteinander verheiratet. Sie ist eine angesehene Unternehmerin, er ist ebenfalls Unternehmer — allerdings in einer anderen Branche. Herr C hat aus erster Ehe zwei erwachsene Kinder, Frau C ist kinderlos.

Herr C ist sehr charmant und gut aussehend, die Damen liegen ihm zu Füßen. Frau C ist auch sehr hübsch und erfolgreich. Die beiden bewohnen gemeinsam mit ihrem Hund eine große Villa in einem schönen, grünen Randbezirk. Frau C ist ein paar Jahre älter als ihr Mann, allerdings ist dies nicht erkennbar - sie ist sehr jung geblieben und quirlig. Herrn C ist die Meinung seiner Ehefrau äußerst wichtig. Er entscheidet nichts, ohne ihren Rat vorher einzuholen.

Finanziell gibt es keine Probleme — beide sind sehr erfolgreich und geschäftstüchtig. Herr C ist wirklich großzügig zu seiner Ehefrau, er beschenkt sie regelmäßig und trifft auch ihren Geschmack. Am Wochenende ist er eher inaktiv und liebt es, zu Hause zu bleiben, fern zu sehen oder zu schlafen. Frau C hingegen ist sehr aktiv, unternimmt viel und treibt ihren Ehemann an, auch etwas zu tun. Zu kleineren Aktivitäten, wie Spazierengehen oder Heurigen-Besuche (Besuche eines kleinen traditionellen Restaurants) lässt er sich überreden. Er bewundert seine Frau und macht ihr auch nach so vielen Ehejahren immer noch häufig Komplimente.

Mit der Steuerberaterin im Auto

Da Frau C sehr selbstsicher und nicht eifersüchtig ist, bemerkt sie erst nach einiger Zeit, dass sich Herr C verdächtig oft mit einer Steuerberaterin trifft. Aufmerksam wird sie durch eine SMS, in der die andere Frau Herrn C fragt, wann sie sich diese Woche treffen würden. Frau C kommt diese Forderung nach einem regelmäßigen Treffen komisch vor. Sie sieht sich die wesentlich jüngere und nicht sehr attraktive Dame an, kann sich daraus aber keinen Reim machen, was ihr Mann an dieser Frau findet. Sie beginnt Nachforschungen anzustellen und engagiert sogar einen Detektiv. Es stellt sich heraus, dass ihr Mann diese Frau heimlich in Restaurants, Bars, Cafés und manchmal auch zu Hause trifft. Es kommt auch vor, dass er bis zu einer Stunde mit ihr im Auto sitzt.

Frau C stellt ihren Mann zur Rede. Er meint, diese Frau und die Gespräche mit ihr würden sein Leben bereichern. Dass es keine sexuelle Beziehung ist, weiß Frau C, da ihr Mann schon vor einigen Jahren eine Operation hatte und dieses Thema ad acta legen musste. Für Frau C stellt das von Anfang an kein Problem dar. Herr C sieht das etwas anders, ist aber letztendlich über die Einstellung seiner Frau sehr dankbar. Sie schätzt ihn sehr.

Die mysteriöse Steuerberaterin hält sich allerdings konstant im Leben von Herrn C auf. Das nervt Frau C und sie versucht, mehr über diese Beziehung zu erfahren. Herr C weicht allen Fragen aus. Er will ihr nicht sagen, was genau los ist. Nach einiger Zeit stellt sich heraus, dass ihr Mann die andere Frau auch finanziell unterstützt. Frau C beschließt nun, zukünftig während der Woche in die Stadtwohnung zu ziehen. Damit möchte sie ihrem Mann Zeit zum Nachdenken geben.

Trotz allem ist Herr C nicht dazu bereit, mit seiner Frau über dieses Problem zu reden. Er bespricht zwar nach wie vor alles mit ihr - das Thema mit der Steuerberaterin wird jedoch konsequent ausgespart. Sonst ist alles wie immer, es gibt keine Streitigkeiten, die Wochenenden sind erholsam und angenehm. Wenn Frau C es möchte, begleitet er sie, macht ihr Geschenke und die beiden haben es nett miteinander.

Der Auszug während der Woche führt dazu, dass sie sich aufeinander freuen und die gemeinsame Zeit fröhlich miteinander verbringen. So gut es geht, versucht Frau C diese unattraktive Frau, mit der ihr Mann so „gut reden kann", zu verdrängen. Zeitweise gelingt ihr das auch, bis ihr eine Freundin erzählt, dass sie ihren Mann mit einer jüngeren Frau abends in einem Lokal getroffen hat. Definitiv die Steuerberaterin. Frau C fühlt sich vor den Kopf gestoßen. Sie macht ihrem Mann laufend Szenen und die gemeinsamen Zeiten werden immer schwieriger. Frau C kann die Gedanken an diese Frau nicht mehr verdrängen. Sie kann sich nicht erklären, was diese Frau versteht, was sie nicht verstehen kann. Herr C wird immer zurückhaltender, teilweise unhöflich und sogar aggressiv.

Frau C möchte sich trennen, fährt alleine auf Urlaub. Als sie zurückkommt, versichert ihr Herr C, dass er die Steuerberaterin nicht mehr treffen werde. Frau C versucht ihm zu glauben, ertappt sich aber dabei, dass sie es nicht kann. Kurz darauf begegnet sie einem alten Schulkollegen, der gerade seine Frau verloren hat. Ihm kann sie alles erzählen, was sie bewegt. Schließlich verliebt sich Frau C und sie verlässt ihren Mann.

Monate später trifft sie Herrn C mit der Steuerberaterin zufällig in einem Café. Frau C ist sehr emotional. Die Steuerberaterin setzt sich zu ihr und bittet sie um eine Minute. Herr C bleibt am anderen Tisch sitzen. Es stellt sich heraus, dass Herr C seine Frau kurz nach der Hochzeit betrogen hat. Die Steuerberaterin ist seine Tochter. Herr C hat befürchtet, dass ihm Frau C den Seitensprung nie verzeihen würde. Er hat sich nicht getraut, die Wahrheit zu erzählen. Die Vergangenheit hat ihn schlussendlich nach 28 Jahren eingeholt.

- D -

Frau und Herr D sind sehr unterschiedlich. Sie ist Akademikerin und er Gastronom. Frau D ist eher realistisch und kühl, Herr D romantisch und flatterhaft. Das Paar verträgt sich ausgezeichnet, es gibt kaum Streitigkeiten. Sie verdient gut, sein Einkommen ist nicht so hoch, allerdings hat er genug geerbt, sodass er sich keine Sorgen machen muss. Finanzen sind nie ein Thema. Die beiden bewohnen ein Haus, welches sie selbst gekauft und teilweise auch mitdesignt haben. Gemeinsam mit ihren kleinen Kindern genießen sie das Leben in vollen Zügen. Frau D beschreibt das Familienleben als extrem glücklich und unproblematisch - bis es zu einem Störfaktor kommt - wie sie die Affäre ihres Ehemanns nennt. Nie im Leben hätte sie gedacht, dass irgendetwas oder irgendjemand ihr Glück von heute auf morgen zerstören könnte.

Eines Tages, es war um die Weihnachtszeit, kommt Herr D mit Geschenken seiner Mitarbeiter nach Hause. Auffällig ist, dass ihm ausgerechnet die neue Mitarbeiterin einen teuren Duft schenkt. Frau D spricht das an und Herr D sagt, dass es

18

nichts zu bedeuten habe. Die Mitarbeiterin möchte sich nur gut präsentieren, attraktiv fände er sie auch nicht und dumm sei sie noch dazu. Frau D kommt das trotzdem seltsam vor, vor allem deshalb, weil „die Neue" nur einen einjährigen Aushilfsjob hat.

Einige Monate vergehen und ab und zu kommt Herr D später nach Hause als üblich. Frau D legt ein altes Handy in das Handschuhfach seines Autos und ortet es immer wieder. Sie findet heraus, dass sich Herr D, immer wenn es später wird, bei der gleichen Adresse aufhält. Manchmal sucht er diese Örtlichkeit auch während des Tages auf –nämlich dann, wenn die neue Mitarbeiterin frei hat.

Zwei Männer und eine Affäre mit dem Ex
Frau D stellt ihren Ehemann zur Rede, er jedoch leugnet alles. Sie sieht ihrem Mann aber sofort an, dass er lügt. Darüber hinaus hat sie auch Informationen, die ihm nicht bekannt sind. Für sie ist es eindeutig, dass er eine Affäre hat - mit „der Neuen". Frau D ist gekränkt, fasst aber trotzdem einen klaren Gedanken und engagiert einen Detektiv. Dabei kommen brisante Neuigkeiten ans Tageslicht. Die „Affäre" von Herrn D, mit der er sich regelmäßig trifft und auch auf offener Straße Hand in Hand spazieren geht, sie küsst - also seine Zuneigung offen kundtut - hat neben ihm

noch einen weiteren Freund. Frau D hätte das gerne ihrem Noch-Ehemann erzählt, behält es aber für sich. Sie reicht die Scheidung ein. Herr D ist überraschenderweise damit einverstanden.

Es kommt zu kleineren Streitigkeiten, aber Herr D erweist sich als sehr großzügig. Er überlässt Frau D das Haus, zahlt Alimente für die Kinder und übt regelmäßig sein Kontaktrecht zu diesen aus. Auch außerhalb der Besuchszeiten - abends, wenn die Kinder im Bett sind - sucht er die Nähe zu Frau D. Das endet immer in Intimitäten. Frau D ist damit einverstanden, weil sie sich körperlich noch immer zu ihm hingezogen fühlt. Manchmal ruft sie sogar an und bittet ihn, vorbeizukommen. Herr D hat sich eine Wohnung ganz in der Nähe des ehemaligen Familienwohnsitzes gekauft und ist somit in kürzester Zeit an Ort und Stelle.

Frau D thematisiert diese Besuche nicht, aber Herr D leidet zunehmend unter der Situation. Er versucht dies auch anzusprechen, doch Frau D möchte nicht darüber reden. Selbst als Frau und Herr D bereits lange geschieden sind, treffen sie sich regelmäßig. Ab und zu kommt sie auch zu ihm in die Wohnung, sogar wenn die Kinder bei ihm sind. Frau D geht mit der Situation sehr entspannt um, Herr D beschimpft sie allerdings manchmal und droht ihr, sie nie mehr wieder sehen zu wollen. Nach spätestens ein bis zwei

Tagen ist jedoch alles vergessen und er meldet sich wieder. Frau D ignoriert, was ihr Ex-Mann sagt und folgt nur seinen Taten. Ihm geht es dabei sehr schlecht. Frau D redet mit ihm über Gott und die Welt, aber nicht über das sexuelle Verhältnis. Sie weiß, dass es die andere Frau in seinem Leben nach wie vor gibt. Diese besucht ihn immer wieder und verbringt auch Wochenenden mit ihm zusammen. Emotional hat Frau D mit Herrn D abgeschlossen, nicht aber sexuell. Sie meint, bis sie sich wieder fest an einen Partner bindet wird es noch dauern, und dann wird sie auch die Affäre mit ihrem Ex-Mann ad acta legen.

Herr D leidet sehr unter der Kühle seiner Ex-Frau und kommuniziert das auch. Besonders schlimm ist es für ihn, als er erfährt, dass er nicht der einzige Mann im Leben seiner Freundin ist. Er überlegt, ob er wieder mit Frau D zusammenkommen könnte. Zu diesem Zeitpunkt hat Frau D aber bereits einen neuen Mann kennen gelernt.

- E -

Herr E und Frau E sind nicht verheiratet und wohnen auch nicht regelmäßig zusammen.

Herr E hat zwei Buben aus erster Ehe, um die er sich rührend kümmert. Seine erste Frau hat ein weiteres Kind mit ihrem jetzigen Partner - ebenfalls einen Buben.

Wenn Herr E seine Söhne abholt, nimmt er manchmal auch das Kind seiner Exfrau für verschiedene Aktivitäten, wie zum Beispiel Freizeitparkbesuche oder Ausflüge mit, damit alle drei Kinder die gemeinsamen Erlebnisse teilen können. Herr E hat mit seiner Exfrau und ihrem neuen Partner ein sehr gutes Einvernehmen. Ihm ist es sehr wichtig, dass die Kinder glücklich sind und er möchte auch nicht, dass er ein schlechtes Gefühl im Umgang mit seiner Exfrau hat. Die Trennung ist zwar kurzfristig ein wenig schwierig gewesen, aber Gott sei Dank können sich die beiden gut aussprechen und kommen nun freundschaftlich miteinander aus.

Herr E ist über zwei Meter groß, sehr muskulös und definitiv nicht zu übersehen, wenn er einen Raum betritt. Er wirkt etwas furchterregend, wenn man ihn zum ersten Mal sieht. Dies führt häufig zu falschen Einschätzungen seiner Person, die aber in keiner Weise seinem Charakter entsprechen.

Frau E hat einen erwachsenen Sohn aus ihrer ersten Ehe, mit dem sie kein sehr gutes Verhältnis hat. Den Kontakt zu ihrem ersten Mann hat sie abgebrochen und leider ist sie noch immer nicht gut auf ihn zu sprechen.

Herr und Frau E lernen einander in einem Fitnesscenter kennen. Er findet sie sehr attraktiv und ansprechend. Er beschreibt sie als etwas unsicher und er hat das Gefühl, sie beschützen zu müssen, obwohl sie manchmal sogar aggressiv ist. Die Beziehung ist von Anfang an etwas problematisch, meint Herr E, da er zwei Jobs hat. Frau E hat wesentlich mehr Zeit und macht ihm oft Vorwürfe, wenn er seine begrenzte Freizeit mit seinen Kindern verbringt. Sie wäre allerdings immer willkommen dabei zu sein, aber das möchte sie nicht. Jedes zweite Wochenende muss sie demnach ohne Herrn E verbringen, was sie sehr unzufrieden stimmt.

An den Tagen, die Herr und Frau E gemeinsam für sich haben, kommt es immer wieder zu heftigen Diskussionen und Streitigkeiten wegen der „Kinderwochenenden". Herr E steht aber auf dem Standpunkt, sie hätten sich unter diesen Umständen kennen gelernt und er könne daran nichts ändern. Er bemüht sich sehr, die Zeit, die er mit Frau E verbringt, so zu gestalten, dass sie glücklich ist. Das gelingt ihm meist auch sehr gut. Die beiden haben wunderbare Tage und Wochen miteinander. Herr E hat immer das Gefühl, er muss sie unterstützen und beraten sowie ihre Hilfestellungen geben, um den Alltag bestmöglich zu bewältigen. Das ist für ihn in Ordnung und oft fühlt er sich dadurch auch gut.

Irgendwann, Herr E kann nicht genau sagen wann, bemerkt er, dass Frau E Suchtmittel nimmt. Da Herr E sehr sportlich, bodenständig und realistisch ist, spricht er sie darauf an und macht ihr klar, dass er nichts mit Drogen zu tun haben möchte. Er redet sehr lange mit ihr und bittet sie, Abstand davon zu nehmen. Nach dem Gespräch ist sie zwar einsichtig, Herr E hat aber das Gefühl, dass er sie nicht richtig überzeugen kann.

Von Eifersucht besessen
Er beginnt sich Sorgen zu machen, insbesondere dann, wenn er das Wochenende mit den Kindern verbringt. Diese Befürchtung ist berechtigt, denn es stellt sich heraus, dass Frau E trinkt und zusätzlich Suchtmittel nimmt, wenn sie sich

alleine fühlt. Sie wird immer unzufriedener mit sich und anderen Personen. Sie zieht sich von ihren sozialen Kontakten, die ohnehin spärlich sind, zurück, und ist oft im Krankenstand. Herr E bemüht sich, sie wieder zu mehr Sport zu überreden, macht mit ihr Trainingspläne und geht sehr auf sie ein. Aber das nützt nichts. Sie will, dass er die Zeit mit seinen Söhnen reduziert und ist fast besessen von Eifersucht auf seine Kinder. Das geht sogar soweit, dass sie auf andere Personen und auch auf die Zeit, in der Herr E arbeitet, eifersüchtig ist.

Es kommt immer und immer wieder zu Streit - sie können kaum noch miteinander reden. Herr E möchte, dass sich Frau E Hilfe bei einem Psychologen oder Psychiater holt. Das verweigert sie und wird handgreiflich. Bei einer Art Nervenzusammenbruch wirft sie sich auf den Boden und weint. Herr E holt die Polizei, weil er sich nicht mehr zu helfen weiß.

Das nimmt sie ihm so übel, dass sie ihn vor den Polizisten wild beschimpft und schlägt. Sie ist so gekränkt und wütend, dass sie ihn an diesem Tag und Abend immer wieder anruft und beschimpft. Am nächsten Tag fährt sie zur Arbeitsstätte von Herrn E und schreit dort herum. Sie muss wieder von der Polizei „beruhigt" werden. Die ganze Szene wiederholt sich leider noch dreimal. Eine normale Gesprächsbasis ist nicht mehr möglich. Frau E beruhigt sich zwar etwas, aber immer, wenn sie bei Herrn E in der Wohnung ist, kommt es zu massiven Streitigkeiten. Er bittet sie, ihn nicht mehr zu besuchen. Daran hält sie sich genau einen Tag. Dann kommt sie zurück. Da sie noch einen Wohnungsschüssel hat, öffnet sie die Türe und attackiert Herrn E aus heiterem Himmel mit einem Pfefferspray. Er ruft die Rettung und wird ins Krankenhaus gebracht.

Am nächsten Tag - Herr E ist aufgrund der Pfeffersprayattacke im Krankenstand – steht plötzlich die Polizei vor der Tür und fragt ihn, ob er Drogen nehme. Über diese Frage ist er sehr verwundert und verneint. Die Polizisten erklären, dass gegen ihn Anzeige vorliegt. Angeblich würde er in seinem Abstellraum Drogen aufbewahren. Herr E bittet die Polizei in die Wohnung und tatsächlich wird Suchtgift bei ihm gefunden. Herr E ist außer sich vor Empörung. Die Polizei nimmt ihn sogar mit, da es sich um eine nicht unbeträchtliche Menge handelt.

Herr E weiß natürlich, dass Frau E sich an ihm rächen will. Wenn er anruft, meldet sie sich nicht mehr, sondern hinterlässt immer wieder Sprachnachrichten- abwechselnd mit Entschuldigungen und Beschimpfungen. Herr E hat noch gröbere Schwierigkeiten wegen des angeblichen Drogenmissbrauchs. Gott sei Dank glauben ihm schließlich seine Arbeitgeber und er verliert seine Jobs nicht, aber trotz allem schläft er sehr schlecht und ist mehr als gekränkt und schockiert.

Aufgrund der Pfeffersprayattacke bekommt Frau E eine Wegweisung. Sie darf sich seiner Wohnung nicht mehr nähern. Herr E ändert das Türschloss und sucht sich innerhalb weniger Tage eine neue Wohnung, deren Adresse Frau E nicht kennt.
Im Zuge der Gerichtsverhandlung sieht er Frau E noch einmal, dann ist die „Sache" erledigt.

- F -

Frau und Herr F lernen einander über eine Datingplattform kennen. Frau F ist nämlich beruflich sehr engagiert und ausgelastet und findet keine Zeit, Bekanntschaften außerhalb des Internets zu machen. Sie ist überrascht, wie schnell sie jemanden findet, der scheinbar perfekt zu ihr passt.

Frau F trifft Herrn F etwa eine Autostunde entfernt von ihrem Wohnort. Es ist vor Weihnachten und die beiden besuchen einen Christkindlmarkt, sowie einen netten Punschstand. Alles ist sehr harmonisch und genau so, wie es sich Frau F vorgestellt hat. Sie ist sehr glücklich. Am Heimweg ruft sie voll Freude ihre Freundin an und erzählt ihr von dem Treffen und dem scheinbar perfekten Mann. Die Freundin freut sich mit ihr. Allerdings gibt sie zu bedenken, dass sich Frau F ohne ein Wort zu sagen, mit einem fremden Mann trifft, über den sie nichts weiß. Frau F lacht ihre Freundin aus und schiebt den Vorbehalt beiseite.

Das nächste Treffen mit Herrn F findet bei Frau F zu Hause statt. Da sie beruflich sehr beschäftigt ist, ist sie froh darüber, dass sie nirgendwo hinfahren muss und bereitet ein nettes Abendessen vor. Alles läuft wieder sehr harmonisch ab. Herr F gibt allerdings wenig von sich preis, selbst auf Nachfragen von Frau F macht er nur spärliche Angaben und weicht immer etwas aus. Frau F bemerkt das zwar, denkt aber, dass er eher zurückhaltend ist und macht sich diesbezüglich zu diesem Zeitpunkt noch keine Gedanken. An diesem Abend wird viel getrunken und gegessen. Es kommt auch zu Intimitäten und Herr F übernachtet bei Frau F. Am nächsten Morgen wacht Frau F mit Kopfschmerzen auf. Sie fühlt sich miserabel. Sie kann sich zwar an einige Dinge erinnern, hat aber so manche Erinnerungslücken. Das kommt ihr seltsam vor, aber sie schiebt alles auf den Alkohol und freut sich, einen netten Abend verbracht zu haben. Herr F bleibt bis mittags und fährt dann nach Hause.

Nach Weihnachten möchte sich Herr F wieder mit Frau F treffen, aber sie ist beruflich beschäftigt und verschiebt das Date um eine Woche. Herr F ist etwas erbost darüber und kommuniziert das auch. Frau F bleibt dennoch standhaft und es gibt erst eine Woche später ein Wiedersehen. Er bietet an, wieder zu ihr zu kommen, da er über mehr Zeit als sie verfügt. Erfreut und dankbar nimmt sie sein Angebot an. Herr F kommt etwas früher als ausgemacht, zieht sich ins Wohnzimmer zurück und arbeitet am Computer. Er erzählt von Problemen einiger Kunden, denen er helfen müsse. Da Frau F auch öfter Computerprobleme hat und Herr F nach eigenen Angaben IT-Fachmann ist, ist seine Begründung nicht ungewöhnlich.

Frau F kocht und dekoriert den Tisch mit Blumen und Kerzen. Es ist- wie schon zuvor - ein sehr harmonisches Essen mit netten Gesprächen. Rückblickend sagt Frau F aber, sie hat nur über sich selbst, ihre Vergangenheit und ihre Probleme gesprochen. Sie findet Herrn F so verständnisvoll, weil er gut zuhören kann. Nach dem Essen gehen sie spazieren und als sie wieder zurückkommen, trinken sie noch etwas Wein. Der Abend endet wieder mit Intimitäten und auch dieses Mal übernachtet Herr F bei Frau F. Am nächsten Morgen fühlt sich Frau F - wie auch beim letzten Besuch von Herrn F - nicht sehr wohl. Sie hat wieder Kopfschmerzen und auch dieses Mal das Gefühl, sich nicht an alle Einzelheiten des Abends erinnern zu können. Sie erzählt Herrn F von ihren Bedenken, aber dieser lacht nur.

Es vergehen einige Monate. Herr F und Frau F treffen sich jede Woche und verbringen eine schöne Zeit miteinander. Herr F vermeidet es allerdings, Frau F zu sich nach Hause einzuladen.

Er findet immer wieder Ausreden und wird zunehmend ungehalten, wenn sie ihn befragt oder Informationen einfordert. Frau F wird misstrauisch und es kommt häufig zu Streitigkeiten. Frau F kann sich sein Verhalten nicht erklären.

Eines Tages bespricht Frau F diese Bedenken mit ihrer Freundin. Sie fasst schließlich den Entschluss, Herrn F vor die Wahl zu stellen. Herr F fühlt sich in die Enge getrieben und reagiert dementsprechend. Er beschimpft Frau F fürchterlich. Zwei Stunden später steht er mit einem Geschenk und Blumen vor ihrer Tür. Frau F ist über seine Reaktion und seine Geschenke so erfreut, dass sie an sich zu zweifeln beginnt und das Gefühl hat, zu hart gewesen zu sein. Herr F erklärt ihr, er würde sich für seine Wohnung genieren und er möchte erst renovieren, bevor er sie einlädt. Frau F glaubt ihm und spricht dieses Thema nicht mehr an.

Einige Wochen später kommt es zwischen Frau und Herrn F zu einem größeren Streit. Er beschwert sich, dass Frau F zu wenig Zeit mit ihm verbringe. Frau F ist genervt und unglücklich und versucht ihm zu erklären, dass sie als Unternehmerin sehr gefordert sei. Herr F ist uneinsichtig und bombardiert sie mit Vorwürfen und Telefonaten. Frau F fasst nun den

Entschluss, sich zu trennen. Die Beziehung bereitet ihr mittlerweile mehr Kopfweh als Freude.

Nacktfotos im Internet

Als sie Herrn F ihre Entscheidung mitteilt, wird er aggressiv und beschimpft sie aufs Gröbste. Er informiert sie über Nacktfotos von ihr, die er ins Internet stellen wird, wenn sie ihm nicht eine finanzielle Abgeltung für die Bilder bezahlen würde. Frau F lässt sich nicht von ihrer Entscheidung abbringen und vermutet eine ins Leere gehende Drohung. Leider hält Herr F sein Wort und stellt die Fotos von Frau F ins Internet. Frau F erinnert sich allerdings nicht daran, mit ihm diese Aufnahmen gemacht zu haben, erkennt sich aber auf den Bildern definitiv wieder. Sie ist so schockiert, dass sie zur Polizei geht und Anzeige erstattet. Das macht die Sache nur noch schlimmer. Herr F schickt die Fotos an Geschäftspartner von Frau F. Sie ist am Boden zerstört. Herr F ruft sie oft an, lacht ins Telefon, beschimpft sie und sagt ihr, dass er sie vernichten werde. Frau F geniert sich sehr, da ihr einige Geschäftspartner Rückmeldungen und Informationen geben, die schauerlich sind. Herr F verwendet verschiedene Mailadressen - also selbst wenn man ihn blockt, kommt er mit einer anderen Adresse durch. Jeden Tag melden sich Freunde, Bekannte und Geschäftspartner, die Nacktfotos erhalten.

Die ganze Sache dauert monatelang. Herr F wird schließlich zu einer Geldstrafe verurteilt. Das Ungeheuerliche an der Sache ist, dass Frau F nichts über Herrn F weiß, aber er alles über sie. Frau F ist bis heute nicht klar, wie und wann die Nacktfotos zustande gekommen sind. Sie vermutet, dass er ihr eine Art Droge eingegeben hat, aber sie weiß es nicht und kann vor allem nichts beweisen. Die Rufschädigung, der finanzielle und der psychische Schaden von Frau F sind enorm. Sie vermutet, dass es noch weitere Damen gibt, die Herr F erpresst und die aus Angst seinen Forderungen nachgeben. Es stellt sich nämlich heraus, dass Herr F von Sozialhilfe lebt, aber wesentlich mehr Geld zur Verfügung hat.

- G -

Frau und Herr G sind bereits das zweite Mal miteinander verheiratet. Herr G ist 15 Jahre älter als Frau G und die beiden leben in einer ständigen On-Off- Beziehung. Ihr Miteinander ist wie eine Berg- und Talfahrt. Die erste Ehe scheitert, weil Frau G ein Kind möchte, aber Herr G nicht. Sie ist deshalb sehr unglücklich und trennt sich von ihrem Mann. Nach einem halben Jahr finden die beiden wieder zueinander und ein Jahr später heiraten sie erneut.

Herr G gibt dem Kinderwunsch nach, aber leider funktioniert es auf natürlichem Weg nicht. Das frustrierte Ehepaar entscheidet sich für eine künstliche Befruchtung. Das stellt eine enorme psychische und finanzielle Belastung dar.

Er zieht in die Studentenwohnung
Frau G ist sehr angespannt und muss aufgrund der vielen Hormone, die sie zu sich nimmt, geschont werden. Die Belastbarkeit des Paares wird auf eine starke Probe gestellt. Herr G zieht

vorübergehend in seine Studentenwohnung, damit Frau G mehr Ruhe hat.

Nach der fünften künstlichen Befruchtung klappt es endlich und Frau G ist mit einem Buben schwanger. Die Freude ist riesig und Herr G zieht wieder in die gemeinsame Wohnung ein. Die Schwangerschaft verläuft gut und ohne Komplikationen. Frau G hat den Eindruck, dass ihre Ehe nun endlich glücklich und zufrieden ist.

Nach der Geburt kommt es häufig zu Streitigkeiten. Frau G ist übermüdet und Herr G hat Stress, weil er nachts nicht schlafen kann und dadurch bei seiner Arbeit unkonzentriert ist. Frau G verfügt über kein eigenes Einkommen und hat nur das Kindergeld vom Staat zur Verfügung. Dadurch kommt es zu finanziellen Engpässen und vermehrten Auseinandersetzungen. Einmal ohrfeigt Herr G seine Frau sogar. Er entschuldigt sich zwar sofort, aber sie besteht darauf, dass er für einige Zeit in seine Studentenwohnung zieht.

Herr G besucht seine Frau und seinen Sohn regelmäßig. Alles scheint wieder besser zu werden. Frau G ersucht ihn schließlich, wieder zurück in die gemeinsame Wohnung zu kommen, aber Herr G möchte nicht. Er bittet seine Frau um die Scheidung. Sie ist vor den Kopf gestoßen und verwirrt.

Herr G verpflichtet sich, Alimente zu zahlen, aber mehr auch nicht. Er möchte den Kontakt zu seiner Frau abbrechen. Frau G ist sehr gekränkt und droht, dass sie sich im Falle einer Scheidung in ihr Heimatland Russland zurückziehen und ihm auch das Kind wegnehmen werde. Herr G lässt sich nicht erpressen und zieht die Scheidung durch. Frau G muss in eine günstigere Wohnung ziehen und wird zur Alleinerzieherin. Herr G zahlt seine Alimente, aber kümmert sich ansonsten in keiner Weise um Frau G und den gemeinsamen Sohn. Zahlreiche Versuche von Frau G, ihn wieder zurückzugewinnen, scheitern. Frau G weiß nicht einmal, wo Herr G wohnt und was er tut.

Frau G ist als Alleinerzieherin sehr gefordert und fühlt sich im Stich gelassen. Sie versucht, die Situation bestmöglich zu bewältigen und bekommt durch die Kirche ein bisschen Unterstützung. Sie ist aber so verletzt, dass sie die Männerwelt nur mehr Schwarz sieht. Sie hält sich von Männern fern und ist sehr pessimistisch. Das geht sogar soweit, dass sie sich nur mehr mit Frauen trifft. Wenn Männer anwesend sind, verhält sie sich ruhig oder verlässt den Raum. Das führt auch in ihrem Job zu Komplikationen, weil sie sich gewissen Situationen nicht entziehen kann. Frau G bezeichnet sich selbst als männerfeindlich.

- H -

Herr und Frau H sind nicht verheiratet, wohnen aber seit drei Jahren zusammen in einem sehr schönen gemieteten Haus. Kinder sind kein Thema, denn beide sind nicht mehr jung und stehen mitten im Berufsleben. Das Paar hat viele gemeinsame Interessen und verbringt eine sehr harmonische Zeit miteinander.

In einer vergangenen Beziehung ist Herr H mit einer Frau zusammen gewesen, die drei eigene Kinder hat. Er unterstützt sie sehr und behandelt alle drei Kinder wie seine eigenen. Eines davon ist eher kränklich und braucht mehr Zuwendung. Da die frühere Lebensgefährtin von Herrn H beruflich sehr eingesetzt ist und Herr H von zu Hause arbeitet, übernimmt er viele häusliche Aufgaben. Er ist oft am Rande seiner Kapazitäten, da sich die Familie keine Haushaltshilfe leisten kann und ein Haushalt mit fünf Personen sehr aufwendig ist.

Irgendwann wird es Herrn H zuviel und er kann aufgrund der Zusatzbelastung seine Arbeit nicht mehr so ausführen, wie er es gerne möchte. Er ist ein sehr kreativer Mensch, aber die Kreativität ist fast zum Erliegen gekommen, da er seine ganze Energie in alltäglichen Situationen aufbraucht. Es kommt oft zum Streit und Herr H beschließt, das Haus seiner früheren Lebensgefährtin zu verlassen und sich zu trennen. Sie droht ihm, dass er es sehr bereuen werde, wenn er sie verlasse. Herr H zieht nicht sofort aus, aber irgendwann kommt er an den Punkt, wo er sein Hab und Gut zusammenpackt, sich schweren Herzens von den Kindern verabschiedet und geht.

Nach einigen Monaten lernt er seine jetzige Partnerin, Frau H, kennen und zieht mit ihr zusammen. Eines Tages steht plötzlich die Polizei vor der Tür und konfrontiert Herrn H mit einer Anzeige wegen sexueller Belästigung. Ihm wird vorgeworfen, dass er eine der Töchter seiner früheren Lebensgefährtin sexuell belästigt haben soll. Herr H hat sich nichts vorzuwerfen und beantwortet der Polizei alle Fragen. Er erzählt auch Frau H und seinen Eltern von diesem Vorfall. Frau H engagiert sofort einen Rechtsanwalt, der Herrn H zu einem Psychologen schickt, der ihn bis zur Gerichtsverhandlung unterstützen soll.

Herr H macht auch einen Lügendetektortest, der eindeutig zeigt, dass er die Wahrheit sagt. Er schreibt die Situation auch auf und beschäftigt sich damit. Zudem lässt er ein psychologisches und ein psychiatrisches Gutachten erstellen. In beiden Gutachten wird nicht der Hauch einer pädophilen Tendenz erkannt. Frau H unterstützt Herrn H sehr und arbeitet mit ihm an den Beweisen für das Gericht. Die psychische Belastung ist enorm, weil das Paar natürlich auch Angst hat, dass der Vorwurf publik wird. Einigen wenigen Freunden erzählen Herr und Frau H davon. Alle, die Herrn H kennen, finden den Vorwurf an den Haaren herbeigezogen. Es gibt keinerlei Grundlagen für die Behauptungen des sexuellen Missbrauchs - weder Fotomaterial, noch Zeugen oder Filme. Alle elektronischen Kommunikationsmittel und auch die Kamera von Herrn H werden beschlagnahmt. Es wird nichts gefunden und somit steht Aussage gegen Aussage.

Die Verurteilung

Herr H ist sehr betroffen und gekränkt, er hat schließlich einige Jahre seines Lebens mit dieser Familie verbracht und sie in jeglicher Hinsicht unterstützt. Als Dank wird er nun beschuldigt, speziell von jener Tochter, für die er besonders viel Zeit investiert hat, weil sie oft krank war. Herr H ist menschlich so sehr enttäuscht und gebrochen, dass er kaum noch denken kann.

Es vergehen zwei lange und sehr belastende Jahre, bis Herr H vor Gericht steht. Er wird befragt, Zeugen werden befragt, die Tochter der früheren Lebensgefährtin wird befragt. Das Gericht verurteilt ihn zu fünf Jahren Haft. Für alle im Gerichtssaal und auch für alle, die ihn und die Geschichte kennen, ist diese Entscheidung unerklärlich.

Frau H ist bereit, ihren Mann zu unterstützen. Ein Jahr lang besucht sie ihn regelmäßig in der Haftanstalt und macht alles, um die Situation zu bewältigen. Irgendwann wird ihr das aber zu viel. Sie besucht ihn nicht mehr und reicht die Scheidung ein. Sie ist erschöpft und möchte nicht mehr lügen, wenn sie jemand fragt, wo ihr Mann sei. Sie möchte einfach einen anderen Weg gehen - alleine und ohne Last.

Herr und Frau I sind über zwölf Jahre verheiratet. Er ist Unternehmer, Frau I studiert. Herr I finanziert dieses Studium und unterstützt seine Frau in jeglicher Hinsicht. Er liest ihr jeden Wunsch von den Augen ab und hilft immer und überall. Der gemeinsame Sohn wird teilweise von den Eltern von Herrn I betreut und ab und zu kommt auch ein Kindermädchen, damit Frau I nicht eingeschränkt ist, wenn sie die Universität besuchen oder lernen muss.

Die geheime Haushaltshilfe

Herr I ist sehr gutmütig und stets für seine Frau da. Als seine Eltern Kritik laut werden lassen, dass Frau I sich zu wenig um den Haushalt kümmere, engagiert Herr I eine Haushaltshilfe - geheim. Er nimmt seine Ehefrau vor seinen Eltern immer in Schutz und verschweigt Situationen, bei denen sie kritisiert werden könnte. Über Jahre hinweg funktioniert die Ehe gut. Eines Tages hat Herr I jedoch das Gefühl, dass irgendetwas mit seiner Frau nicht stimmt. Sie benimmt sich abweisend und ist mehr unterwegs als sonst. Er installiert ein Abhörgerät in ihrem Auto und erfährt, dass sie einen Liebhaber hat. Zu allem Überfluss erzählt sie diesem Mann, wie furchtbar sie ihren Ehemann findet und wie sehr er ihr auf die Nerven geht.

Für Herrn I bricht eine Welt zusammen. Die für ihn schönste Frau, für die er alles tut, betrügt ihn. Er stellt sie nicht zur Rede, sondern versucht, sich ihre Liebe durch Geschenke und besondere Aufmerksamkeiten zu erkaufen. Leider sind die Bemühungen überhaupt nicht erfolgreich, ganz im Gegenteil. Herr I hört sie weiterhin ab und erfährt Dinge, die er besser nicht hätte hören sollen. Nach einigen Wochen hält er es nicht mehr aus und konfrontiert seine Frau mit den Tatsachen. Diese ist gerade kurz vor dem Abschluss ihres Studiums und nicht bereit, mit ihm zu reden. Sie behauptet, er sei geisteskrank und verspricht ihm, nach Abschluss ihres Studiums, eine gemeinsame Reise zu machen.

Es vergehen wieder einige Wochen. Herr I hat mittlerweile abgenommen und ist nur noch ein Schatten seiner selbst. Frau I fährt schließlich mit ihm auf Urlaub und offenbart ihm die Scheidung. Sie präsentiert ihm, was sie sich vorstellt und zieht einen Tag nach der Rückkehr aus. Den gemeinsamen Sohn lässt sie bei ihm - mit der Begründung- es gehe ihm bei Herrn I besser, aber sie werde ihn ab und zu abholen. Die Scheidung verläuft schnell und schmerzvoll für Herrn I. Frau I fordert viel. Herr I gibt nach, weil er nervlich und psychisch extrem angeschlagen ist.

Die Eltern von Herrn I unterstützen ihn sehr - vor allem mit dem Sohn. Herr I ist erschüttert und von der Damenwelt enttäuscht. Er nimmt sich vor, ewig Single zu bleiben.

Frau I zieht nicht zu ihrem Geliebten. Sie mietet eine eigene Wohnung und macht sich selbständig. Herr I schafft es nicht, sie zu ignorieren oder böse auf sie zu sein. Er sieht nur das Gute in ihr und gibt allen anderen Menschen die Schuld für ihr Verhalten. Er leidet und bespricht sich mit niemandem, weil er nicht möchte, dass jemand über seine Exfrau schlecht denkt oder gar schlecht redet.

In seiner Verzweiflung lässt er sich auf eine Affäre mit einer sehr jungen Mitarbeiterin von ihm ein. Herr I will sich ablenken und braucht auch dringend Selbstbestätigung. Dieses junge Mädchen tut ihm gut, weil sie ihn bewundert und er sie leicht lenken kann. Er merkt, dass er sich kaum mit deren Problemen auseinandersetzen muss und genießt auch die körperlichen Intimitäten. Er fühlt sich jung und begehrenswert. Zu Treffen mit Freunden nimmt er sie allerdings nicht mit, da er Angst hat, dass dies nicht sehr gut ankomme. Er genießt die Zweisamkeit und die Tatsache, dass er die Hauptrolle in dieser Beziehung spielt.

Es kommt wie es kommen muss - der Sohn erfährt durch Zufall von dieser Beziehung und erzählt es seiner Mutter. Diese macht Herrn I, obwohl die beiden längst geschieden sind, eine Szene und beschimpft ihn. Herr I fühlt sich wirklich sehr schlecht und entschließt sich, auf Anraten seines besten Freundes, einen Psychologen aufzusuchen. Letztendlich ist er froh, denn wäre alles nicht so gekommen, hätte er nie begonnen, an sich selbst zu arbeiten.

- J -

Frau und Herr J sind ein lustiges Paar. Herr J ist wesentlich älter als Frau J und mit ihr in dritter Ehe verheiratet. Frau J ist vor drei Jahren mit ihren beiden Töchtern aus einem Nachbarland zugezogen und hat nach wenigen Wochen Herrn J kennengelernt, als sie sich bei ihm als Mitarbeiterin bewirbt. Herr J führt eine große Firma und Frau J wird nach ihrem Bewerbungsgespräch sofort eingestellt, obwohl ihre Sprachkenntnisse eher limitiert sind.

Nach wenigen Monaten zieht Frau J mitsamt ihren Kindern und allem, was sie hat, zu Herrn J. Da er ein großes Haus besitzt, ist das kein Problem. Es stellt sich heraus, dass Herr J zu diesem Zeitpunkt frisch geschieden ist. Da er wesentlich älter als Frau J ist, denkt sie sich nicht viel dabei, außerdem ist sie so begeistert von ihm, dass sie nichts in Frage stellt. Er erzählt ihr auch in allen Einzelheiten, wie er seine zweite Ehefrau, nachdem er sich in Frau J verliebt hat, „losgeworden" ist. Es dauert nur wenige Wochen und Herr J hält um die Hand von Frau J an.

Er organisiert eine Wohnung

Herr J unterstützt die beiden Töchter von Frau J sehr. Er finanziert Privatschulen und lässt es ihnen an nichts fehlen. Frau J ist überglücklich, weil sie und ihre Töchter zuvor eine harte Zeit erlebt und immer finanzielle Probleme gehabt haben. Nach einigen Monaten, als eine der Töchter 17 Jahre alt wird, schlägt Herr J vor, dass die Kinder ausziehen sollen. Er organisiert eine Wohnung und drängt auf den Auszug der Mädchen. Zu Beginn weigert sich Frau J, gibt aber letztendlich doch nach. Ab diesem Zeitpunkt verändert sich Herr J immer mehr. Er ist plötzlich sehr besitzergreifend und möchte immer wissen, wo sich Frau J aufhält. Selbst wenn sie Lebensmittel besorgt, ruft er an und fragt, wann sie wieder nach Hause komme. Frau J fühlt sich am Anfang etwas geschmeichelt, weil Herr J eifersüchtig ist. Mit der Zeit allerdings nervt sie dieser Umstand sehr. Weil Herr J aber mit ihr und ihren Kindern so großzügig ist, sieht sie über Vieles hinweg. Immer wenn es zu einem Streit kommt, entschuldigt sich Herr J mit einem Geschenk bei Frau J, oder er kauft etwas für die Kinder. Somit ist Frau J wieder besänftigt.

Die Streitigkeiten zwischen Herrn und Frau J nehmen aber in den Jahren immer mehr zu und die Großzügigkeit von Herrn J ab. Zum 50. Geburtstag veranstaltet Herr J ein großes Fest für seine Frau und schenkt ihr ein Fahrrad. Frau J will jedoch weder eine Feier noch ein Fahrrad. Er verspricht ihr deshalb, die Hälfte der Wohnung, in der die Kinder leben, zu überschreiben. Auch die Hälfte seines Hauses möchte er ihr übergeben. Frau J besteht nicht darauf, aber Herr J spricht andauernd davon – besonders dann, wenn er in Gesellschaft ist. Frau J ist im Unternehmen von Herrn J geringfügig angestellt, kommt aber mit dem Geld nicht aus, da sie für ihre Kinder und den Haushalt aufkommen muss. Sie bittet Herrn J immer wieder um Bargeld für Lebensmittel, welches er ihr unregelmäßig gibt. Sie hat den Eindruck, dass er es genießt, wenn sie ihn danach fragen muss. Am Anfang der Beziehung geht er mit ihr oft einkaufen und bezahlt auch. Das tut er nun immer seltener, bis gar nicht mehr. Er beginnt immer mehr Ansprüche zu stellen. Auch die Kinder kritisiert er ständig und will, dass sie keine weitere Ausbildung machen, sondern eine Anstellung annehmen.

Frau J entscheidet sich, aufgrund der finanziellen Schikanen, einen Job anzunehmen. Nach einigen Bewerbungen und der Unterstützung einer Bekannten, gelingt ihr das auch. Herr J ist sehr dagegen und möchte sie umstimmen. Er kauft ihr eine sehr teure Uhr und redet ihr ein, dass sie es nicht notwendig habe, zu arbeiten. Frau J hört aber auf ihre Freundin, welche ihr geholfen hat, die neue Stelle zu bekommen. Sie beginnt zu arbeiten. Der Job macht ihr großen Spaß und sie ist mit der neuen Herausforderung sehr zufrieden. Natürlich hat sie ab diesem Zeitpunkt auch weniger Zeit für Herrn J, was ihn verärgert. Am Wochenende lädt sie ihre Töchter zum Essen ein, weil sie während der Woche wenig Zeit hat.

Es kommt nun öfter zu Streitigkeiten, da sich Herr J massiv vernachlässigt fühlt. Frau J ist besonders glücklich mit ihrer neuen Arbeit und bemüht sich, abends und am Wochenende alles so zu machen, dass Herr J zufrieden ist. Das ist er aber nicht. Er kritisiert alles, was ihn vorher nicht gestört hat. Frau J darf auch nicht mehr rauchen.
Er beschimpft sie oft und alles, was ihm früher an ihr gefallen hat, missfällt ihm jetzt. Er geht nun auch öfter alleine weg und kommt spät nach Hause. Frau J bemerkt, dass er auf seine Figur achtet und abnimmt. Er kauft neue Kleidung und sein Mobiltelefon, das er früher überall hat liegenlassen, nimmt er überall hin mit - selbst ins Bad.

Als er schläft, liest Frau J seine Textnachrichten und wird sofort fündig. Er hat über eine Dating-Plattform eine andere Frau kennen gelernt, mit der er sich trifft. Frau J liest den Chatverlauf regelmäßig und ist somit bestens informiert. Sie verhält sich ganz unauffällig und sagt nichts. Weil sie aus den Erzählungen von Herrn J am Beginn ihrer Beziehung weiß, wie er seine zweite Frau „losgeworden" ist, kann sie alle seine Verhaltensweisen gut deuten. Sie geht zu einem Rechtsanwalt und schickt ihm einen Detektiv nach, um Beweismaterial zu bekommen.

Irgendwann, Wochen später, bittet Herr J seine Frau um ein Gespräch. Er sagt ihr, dass er sich trennen möchte und bereit ist, sie finanziell abzufinden, denn er will die neue Frau heiraten. Nachdem Frau J immer die Nachrichten vom Mobiltelefon ihres Mannes abgehört hat, ist sie bestens informiert und bespricht die Vorgehensweise mit ihrem Anwalt.

Frau J ist gekränkt, kann aber trotzdem klare Gedanken fassen. Sie willigt in die Scheidung ein, stellt aber hohe Forderungen, die Herr J nicht gleich bereit ist zu bezahlen. Letztendlich ist er aber doch einverstanden und Frau J zieht zu ihren Töchtern in die Wohnung, die ein Teil der finanziellen Abfindung ist.

- K -

Herr und Frau K sind nicht verheiratet, haben aber gemeinsam einen kleinen Sohn. Herr K studiert noch und arbeitet nebenbei 20 Stunden in einer Werbeagentur. Seine Eltern unterstützen ihn finanziell. Da sie ihm keinen Druck machen, das Studium abzuschließen, ist er nicht besonders fleißig und genießt das Leben. Frau K ist berufstätig und als Verkäuferin bei einer Luxusmarke angestellt. Sie verdient gut, aber nicht ausreichend, um ihren derzeitigen Lebensstandard halten zu können.

Frau K lebt mit dem kleinen Sohn in einer Wohnung, nicht unweit des Hauses, das Herr K gemeinsam mit seiner Mutter und deren zwei Hunden bewohnt. Herr K hat in diesem Haus eine eigene Wohnung. Er ist mit seiner Mutter sehr eng verbunden und wenn möglich, trifft er sie täglich. Der Vater von Herrn K ist mit der Mutter verheiratet, lebt aber im benachbarten Ausland und kommt nur jedes zweite Wochenende nach Hause. Sowohl der Vater als auch die Mutter von Herrn K sind beruflich sehr engagiert.

Herr K übernachtet häufig bei Frau K und verbringt viel Zeit in ihrer Wohnung. Es wäre ihm allerdings lieber, wenn Frau K und der Sohn zu ihm kämen, da er wesentlich mehr Platz zur Verfügung hat. Frau K möchte das aber nicht, weil sie meint, die Mutter von Herrn K sei ihr nicht gut gesinnt. Aus Sicht von Herrn K stimmt das jedoch nicht.

Sie ist eifersüchtig und überwacht ihn
Die Beziehung gestaltet sich manchmal ein wenig schwierig, weil Frau K sehr eifersüchtig ist und Herrn K überwacht. Sie hat ihm tatsächlich eine Standort-App aufgezwungen und wenn er mit Freunden unterwegs ist, ruft sie ihn ständig an. Herr K ist genervt und seine Freunde machen sich bereits lustig über ihn, weil er sich von Frau K sekkieren lässt. Er ist ihr treu, aber manchmal würde er gerne einmal mit einer anderen Frau ausgehen, um Frau K ein wenig zu ärgern - im Büro wäre da sogar eine geeignete Kollegin.

Eigentlich ist Herr K glücklich, aber es gibt eben auch Umstände, die ihn nerven. Diese Gedanken schiebt er meist beiseite. Ab und zu denkt er, dass alles anders wäre, wenn er seinen Sohn nicht hätte. Er liebt sein Kind über alles und es macht ihn richtig glücklich, wenn er mit ihm zusammen ist. Das Kind ist der Mittelpunkt seines Lebens und das weiß Frau K. Manchmal erpresst sie Herrn K.

Sie lässt ihn nicht zu Besuch kommen, beziehungsweise nicht übernachten, wenn er ihre Wünsche nicht erfüllt. Herr K tröstet sich damit, dass es vielen Männern so geht.

Die Mutter von Herrn K ist Lehrerin und würde sich gerne eine wenig mit ihrem Enkelkind beschäftigen. Das geht allerdings nur geheim, wenn Frau K arbeitet. Würde sie erfahren, dass sich ihr Kind im Haus der Beinahe-Schwiegermutter aufhält, wäre sie tagelang unausstehlich. Herr K weiß weder ein noch aus. Einerseits will er keine Schwierigkeiten mit seiner Lebensgefährtin, andererseits möchte er, dass sein Sohn Kontakt zur Großmutter hat.

Herr K bespricht dieses Problem auch mit dem Babysitter, der übrigens ein Mann ist, weil Frau K keinen weiblichen Babysitter toleriert. Dieser findet ebenfalls, dass Frau K oft schwierig ist und Handlungen setzt, die nicht nachvollziehbar sind. Es kommt auch häufig zu Unstimmigkeiten zwischen Frau K und dem Babysitter. Die zwei Männer verbünden sich ein wenig.

Frau und Herr K verreisen miteinander. Zu Beginn des Urlaubs ist alles sehr schön und harmonisch. Frau K sagt, wenn Herr K ihr allein gehört, ist alles perfekt. Dieses Gefühl teilt Herr K leider gar nicht. Er fühlt sich zunehmend eingesperrt und eingeengt. Er kommuniziert das auch und versucht Frau K zu erklären, dass er gerne Zeit mit ihr verbringt, sie wirklich liebt, aber manchmal auch alleine oder mit anderen Personen sein möchte. Daraufhin wird Frau K hysterisch und schreit und weint. Sie behauptet, er würde sie nicht lieben und möchte den Namen der anderen Frau wissen. Herr K ist mit dieser Situation überfordert. Nachdem sie sich etwas beruhigt hat, versucht er das Thema nicht mehr anzusprechen und sehnt den Tag der Abreise herbei. Wieder daheim, bespricht er sich mit seiner Familie und seinen Freunden. Die Situation ist sehr schwierig, denn er weiß, sie wird das Kind als Druckmittel gegen ihn verwenden.

Einige Wochen verhält sich Herr K ruhig, damit kein Streit entsteht. Es gibt auch sehr viele schöne Momente, jedoch will Herr K nicht immer Rechenschaft darüber ablegen, wenn er mit seinen Kollegen von der Uni oder nach der Arbeit etwas trinken geht. Es kommt sogar soweit, dass er sein Handy ausschaltet, wenn er zu genervt ist.

Als es gegen Ende eines Semesters einige Prüfungen zu absolvieren gilt, möchte Herr K an einer Arbeitsgruppe zur Vorbereitung seiner Prüfungen teilnehmen. Er informiert Frau K, die ihm die Teilnahme allerdings nicht erlaubt. Er erklärt ihr, dass er sie nicht gefragt, sondern informiert habe. Daraufhin wird sie ganz wild und ist nicht zu stoppen. Sie blockiert das Telefon und lässt Herrn K nicht mehr in die Wohnung. Sie droht ihm und er darf seinen Sohn nicht sehen. Herr K weiß nicht, was er tun soll. Ein Gespräch mit Frau K ist unmöglich. Der Babysitter und die Mutter von Frau K wollen vermitteln, aber ohne Erfolg.

Nach rund drei Wochen meldet sich Frau K wieder und tut so, als wäre nie etwas gewesen. Herr K ist ziemlich irritiert und verzweifelt. Frau K möchte mit Herrn K nach Italien auf Urlaub fahren. Der kleine Sohn soll in der Zwischenzeit bei ihrer Mutter bleiben, die dafür extra aus dem Ausland anreist. Da das Kind die Mutter von Frau K kaum kennt, ist Herr K besorgt. Zudem spricht sie kaum Deutsch. Herr K hätte lieber, seine eigene Mutter würde auf den Sohn aufpassen. Frau K lässt sich allerdings auf keine Diskussion ein und es geschieht alles so, wie sie es will.

Die ersten Tage des Urlaubs verlaufen ruhig. Eines Abends möchte Frau K in ein sehr teures Restaurant gehen. Herr K sagt ihr, dass sie sich das nicht leisten können. Sie besteht aber darauf und meint, dass sie das schon machen würde. Gegen Ende der Nachspeise legt Frau K ein kleines Stück Küchenschwamm in das Dessert und ruft den Kellner. Lautstark beschwert sie sich über den fremden Gegenstand im Essen. Herrn K ist das äußerst unangenehm, er würde am liebsten im Erdboden versinken. Letztendlich müssen Frau und Herr K die Rechnung im Restaurant nicht bezahlen.

Herr K fühlt sich sehr schlecht und überlegt in der Nacht, was er tun soll. Schließlich beschließt er, sich von Frau K zu trennen. Zu viele ihrer Verhaltensweisen und Aktionen sind für ihn inakzeptabel.

Die kommenden Wochen sind für Herrn K eine sehr schwere Zeit. Er muss um das Besuchsrecht für seinen Sohn kämpfen und Frau K legt ihm alle möglichen Steine in den Weg. Herr K ist aber trotz allem überzeugt, die richtige Entscheidung getroffen zu haben.

- L -

Herr und Frau L sind schon über 20 Jahre verheiratet. Die beiden lernen einander während des Jus Studiums kennen. Nebenbei helfen sie damals in einem Restaurant als Kellner aus. Frau L bricht jedoch aus finanziellen Gründen nach drei Semestern das Studium ab. Sie nimmt sich vor, noch sechs Monate als Kellnerin Vollzeit zu arbeiten, um etwas Geld anzusparen, damit sie sich danach einen Job mit Aufstiegsmöglichkeiten suchen kann. Aus den sechs Monaten werden schließlich vier Jahre. Genau so lange, bis Herr L mit seinem Studium fertig ist.

Frau L unterstützt ihren Mann nicht nur finanziell, sondern nimmt ihm auch im Haushalt alles ab, damit er die ganze Zeit in sein Studium investieren kann. Es macht ihr Spaß zu sehen, wie erfolgreich er ist. Sie prüft ihn ab, diskutiert mit ihm verschiedene Fälle und hilft ihm, so gut sie kann. Sie sieht seinen Erfolg auch als ihren und begleitet ihn tatkräftig bis zum Abschluss.

Die letzten beiden Jahre vor Abschluss des Studiums arbeitet Herr L nicht mehr als Kellner. Auch gemeinsame Kurzurlaube, wie etwa die Eltern auf dem Land besuchen, fallen aus. Frau L ist darüber etwas traurig, weil sie und Herr L kaum mehr Freizeit miteinander verbringen. Der einzige Tag, an dem er sich Zeit nimmt, ist sein Geburtstag, alle anderen Festtage werden schnell abgehandelt. Frau L beklagt sich darüber immer wieder bei Herrn L und ihren Freundinnen. Letztendlich möchte sie aber sein Ziel unterstützen und sie hat ein schlechtes Gewissen, wenn sie sich beschwert. Auf der anderen Seite fühlt sie sich oft alleine und unverstanden. Frau L belastet ihren Mann kaum. Selbst als ihre geliebte Katze stirbt, trägt sie die Trauer fast ganz alleine, obwohl sie die psychologische Stütze von Herrn L benötigen würde.

Die Ausbildung ist nicht erwünscht
Nach einigen sehr arbeitsintensiven Jahren beendet Herr L schließlich sein Studium. Das Ehepaar ist überglücklich. Das gemeinsame Ziel ist erreicht. Frau L drängt auf einen Urlaub, doch Herr L ist nicht begeistert. Er meint, er müsse sich jetzt etablieren und könne nicht eine Woche weg sein.

Frau L sucht sich einen Job als Schreibkraft in einer Steuerberatungskanzlei. Dort merkt sie, wie sie von anderen Menschen geschätzt wird. Zu Hause kommt es immer wieder zu Streit, weil Frau L die Versprechen, die ihr Herr L gegeben hat, einfordert- nämlich: mehr Zeit gemeinsam als Paar zu verbringen. Leider konzentriert sich Herr L nun sehr auf seinen Beruf und ist auch in seinem Arbeitsumfeld sehr engagiert. Einerseits versteht ihn Frau L, aber andererseits ist sie es müde, immer Rücksicht nehmen zu müssen. Sie beschließt deshalb, eine Ausbildung zu beginnen. Ihr Arbeitgeber unterstützt sie dabei sehr. Immer öfter zweifelt sie an der Beziehung zu ihrem Ehemann.

Frau L versucht verzweifelt, ihr Problem mit Herrn L zu besprechen. Dieser sieht aber nur sich und seine Ziele. Er vertröstet Frau L immer wieder und bittet seine Frau, mit der Ausbildung zu warten, bis er sich in seinem Job etabliert hat. Frau L will und kann nicht mehr warten. Sie hat immer ihrem Mann den Vortritt gegeben und zu seinen Gunsten zurückgesteckt. Nun möchte sie endlich einmal etwas für sich tun. Herr L ist nicht einverstanden und versucht, seiner Frau das Leben schwer zu machen. Er unterstützt sie nicht. Im Gegenteil - er gibt viele Aufgaben an sie ab und sucht vor wichtigen Terminen immer Streit. Gemeinsame Aktivitäten bestehen nur aus beruflichen Essensterminen, zu denen Herr L seine Frau mitnimmt. In ihrer kargen Freizeit beginnt Frau L, sich mit Arbeitskollegen und

Freunden zu treffen. Sie fühlt sich dort sehr wohl und wertgeschätzt.

Eines Tages, als Herr L wieder ein klärendes Gespräch abwenden will, beschließt Frau L, ihren Mann zu verlassen. Das kommuniziert sie auch. Herr L fällt aus allen Wolken und fühlt sich vor den Kopf gestoßen. Er versteht nicht, warum seine Frau ihn verlassen will und sucht Rat bei einem Freund, den er schon ein paar Jahre nicht mehr getroffen hat. Seinen Arbeitskollegen möchte er sich mit privaten Problemen nämlich nicht anvertrauen. Der Freund versucht Herrn L zu helfen, leider ohne Erfolg.

Frau L und Herr L gehen getrennte Wege. Herr L ist verärgert. Er hat den Eindruck, seine Frau habe ihn im Stich gelassen. Frau L hingegen ist glücklich, arbeitet viel und macht nebenbei ihre Ausbildung. Sie versteht sich gut mit ihren Arbeitskollegen und unternimmt viel mit Freunden. Sie ist sehr zufrieden.

- M -

Herr und Frau M sind über 35 Jahre verheiratet. Sie haben vier gemeinsame Töchter, die alle schon erwachsen und verheiratet sind. Drei Töchter haben bereits eigene Kinder. In der Familie ist es nie sehr harmonisch. Seit Beginn der Ehe gibt es immer wieder Streitigkeiten zwischen den Eheleuten. Der Grund sind meist andere Männer.

Frau M ist eine unscheinbare, ruhige Person, die gerne ausgeht. Herr M ist klein, ruhig, eher in sich gekehrt, aber nicht langweilig. Neben seiner Arbeit ist er auch bei der Freiwilligen Feuerwehr tätig. Das Ehepaar geht gerne gemeinsam tanzen, wenn irgendwo ein Fest ist. Die beiden haben einander auch beim Tanzen kennen gelernt. Herr M ist ein Familienmensch und möchte, dass die Großfamilie möglichst oft zu Besuch kommt. Seine Kinder und Enkelkinder liebt er über alles und versucht, alle bestmöglich zu unterstützen. Was die Kinder anbelangt, engagiert sich Frau M ebenfalls sehr. Bei Herrn M sind ihre Anstrengungen allerdings nicht so groß.

Er leidet darunter sehr und kommuniziert das auch.

Wenn sie gemeinsam ausgehen, flirtet Frau M häufig mit anderen Männern. Das endet oft in Streit. Herr M sieht Situationen, die den Punkt seiner Akzeptanz weit überschreiten. Frau M tanzt nämlich mit anderen Männern eng umschlungen und begrüßt und verabschiedet sich oft innig von ihren Tanzpartnern. Daheim kommt es deshalb immer zu heftigen Auseinandersetzungen, doch Herr M verzeiht ihr jedes Mal.

Mit dem Bruder in einer delikaten Situation
Einer der größten Streitpunkte ist allerdings der Bruder von Herrn M. Zu Beginn der Ehe, als gerade die erste Tochter geboren wird, erwischt Herr M seine Frau mit seinem Bruder in einer sehr delikaten Situation. Die beiden erschrecken sich und behaupten, es sei nichts passiert. Nach einigen Tagen streiten Frau M und der Bruder von Herrn M sogar ab, überhaupt in dieser Situation gewesen zu sein. Es gibt unendlich viele Streitigkeiten. Deshalb verliert Herr M das Vertrauen in Frau M, liebt sie aber noch immer sehr.

Er versucht, dieses schlimme Ereignis zu verdrängen, weil er sich so über seine Tochter freut und es auch nicht wahrhaben möchte. Irgendwann denkt er dann, dass er sich vielleicht geirrt habe, obwohl er es mit eigenen Augen gesehen hat. Das Verhältnis zu seinem Bruder ist fortan ebenfalls getrübt, aber seiner Mutter zu Liebe bricht er den Kontakt nicht ab. Der Mutter von Herrn M ist es, besonders seit dem Tod des Vaters, sehr wichtig, dass sich die beiden Brüder gut verstehen. Herr M nimmt einige Male einen Anlauf, um seiner Mutter von der Beobachtung zu erzählen, aber letztlich hat er Angst, sie würde ihm nicht glauben.

Herr M ist sehr gut im Verdrängen und redet sich immer wieder ein, es wäre alles nicht so schlimm. Er liebt seine Frau sehr und sieht über viele Situationen und Dinge hinweg. Das Ehepaar bekommt noch drei weitere Töchter. Herr M ist mit seinen Kindern und seiner Familie außerordentlich glücklich. Er arbeitet viel und baut ein schönes großes Haus, wo alle viel Platz haben. Es scheint alles perfekt - zumindest von außen.

Die Jahre vergehen, die Töchter kommen in die Schule, machen ihre Ausbildung, heiraten, bekommen Kinder. Eines Tages besucht Herr M wieder seinen Stammtisch, wo auch viel getrunken wird. Er geht gerne dort hin. In einer heißen Diskussion lässt ein Bekannter von Herrn

M einen Kommentar fallen, der seine Welt nachhaltig erschüttert. Er fragt Herrn M, ob er sich niemals Gedanken darüber gemacht habe, wer der Vater seiner Kinder sei, weil doch die beiden großen Töchter seinem Bruder ähnlich sehen. Herrn M wird schlecht und er verlässt sofort das Lokal. Zuhause stellt er seine Frau zur Rede. Diese meint, er sei krankhaft eifersüchtig und solle sich behandeln lassen.

Herr M ist verzweifelt, denn in der Tat sind die ersten beiden Töchter braunhaarig und haben braune Augen. Sie sind auch viel größer gewachsen als die beiden jüngeren Kinder. Tochter drei und vier sind - so wie Herr M - eher klein und untersetzt und haben blondes Haar und grüne Augen. Diese Tatsache treibt Herrn M, nach der Aussage am Stammtisch, fast in den Wahnsinn. Herr M lässt sich bei einer Rechtsanwältin beraten. Da die Kinder bereits lange erwachsen sind, gibt es keine rechtliche Handhabe.

Frau M erzählt die Behauptung ihres Mannes den Kindern, deren Partnern und auch den Enkelkindern. Es kommt zu einem riesigen Streit. Herr M zieht aus. Niemand aus der Familie schlägt sich auf seine Seite. Frau M reicht die Scheidung ein - mit der Begründung- Herr M sei geistesgestört. Herr M beginnt an sich zu zweifeln und lässt ein psychiatrisches Gutachten von sich erstellen. Das Ergebnis: er ist eindeutig seiner Sinne mächtig und weist keine Auffälligkeiten außerhalb der Norm auf.

Herr M liebt seine Frau noch immer, aber sie besteht vehement auf die Scheidung. Herrn M bleibt nichts anderes übrig, als einzuwilligen. Die Kinder und deren Familien sprechen kaum mit ihm. Ein Schwiegersohn rät ihm, mit den Anschuldigungen aufzuhören, denn selbst wenn es so wäre, wie er behauptet, könne man nichts mehr machen und es würde nichts ändern.

Herr M zieht in eine Wohnung, das Haus überlässt er seiner Exfrau und der Familie seiner ältesten Tochter. Er versucht so kooperativ wie möglich zu sein, damit ihn die Familie nicht fallen lässt. Noch im Monat der Scheidung zieht ein anderer Mann zu seiner Exfrau ins Haus. Herr M fährt zu ihr und stellt sie zur Rede. Ohne Erfolg. Er wird hinaus gebeten.

Seine Enkelkinder sieht Herr M sehr selten, eigentlich nur, wenn sie Hilfe von ihm brauchen. So verhalten sich auch die Kinder. Herr M ist verzweifelt. Zu Weihnachten ist er bei der jüngsten Tochter und deren Mann eingeladen. Er ist überglücklich. Es macht ihn aber sehr traurig, dass er zu den anderen Familienmitgliedern wenig Kontakt hat. Herr M will einen gerichtlichen Vaterschaftstest erwirken, aber da die Ereignisse so lange her sind, geht das nur auf freiwilliger Basis. Sein Bruder ist nicht dazu bereit, einen Test zu machen. Zudem kann dieser Test bei leiblichen Brüdern sehr ähnlich sein, also wenig aussagekräftig. Das bestätigt auch ein Labor, in dem sich Herr M erkundigt. Trotzdem möchte er gerne die Testungen durchführen lassen, stößt aber bei allen Beteiligten auf taube Ohren. Seine Exfrau erzählt allen Bekannten, Herr M sei übergeschnappt.

Einige Freunde von Herrn M glauben ihm und unterstützen ihn, aber aufgrund der Verjährung lässt sich nichts machen. Er ist verzweifelt und alleine, aber er möchte sich grundsätzlich mit dieser Situation nicht abfinden. Er wird nur mehr selten von seiner Familie eingeladen, obwohl er sich sehr bemüht. Letztendlich beschließt er, das Thema der Vaterschaft nicht mehr anzusprechen, aber es quält ihn weiterhin.

- N -

Herr und Frau N sind verheiratet und haben Zwillinge.

Das Ehepaar kennt sich vor der Hochzeit nicht sehr lange. Als Frau N mit Zwillingen schwanger wird, heiraten die beiden kurz darauf. Das ist in erster Linie der Wunsch von Herrn N. Er freut sich sehr über den Nachwuchs und möchte, dass die Kinder seinen Familiennamen tragen.

Zu Beginn der Schwangerschaft möchte Frau N die Zwillinge eigentlich gar nicht bekommen. Sie hat einen sehr lukrativen Job und Kinder gehören nicht in ihre Lebensplanung. Herr N und ihre Eltern überreden sie aber, und sie bringt die Kinder zur Welt.

Das Leben verdorben
Frau N macht grundsätzlich den Eindruck, dass sie sich über ihren Nachwuchs freut. Als die Kinder etwa sechs Monate alt sind, hört Herr N zufällig über das Babyphone, wie Frau N die

beiden beschimpft. Sie sagt, dass die Kinder ihr Leben ruinieren und wie sehr sie die beiden hasse. Herr N ist schockiert. Er geht zu seiner Frau ins Kinderzimmer. Im ersten Moment ist sie verlegen, doch dann kommt es zu einem bösen Streit.

Frau N erklärt ihrem Mann, dass ihr die Kinder auf die Nerven gehen und sie mehr Freizeit brauche. Herr N weiß sich nicht zu helfen. Jede freie Minute kümmert er sich um die Zwillinge. In den Ferien schickt er sie zu seiner Mutter aufs Land, die sehr liebevoll mit den Kindern umgeht und sie gut versorgt. Herr N unterstützt seine Frau, wo er nur kann.

Die Jahre vergehen. Die Ehe ist nicht besonders glücklich. Herr N ist sehr geduldig und denkt, dass er alles aushalten könne. Es gibt jedoch auch Tage, an denen er einfach nur flüchten möchte. In diesen Momenten denkt er an seine Kinder und wahrt den Schein einer glücklichen Partnerschaft. Für ihn ist es wichtig, dass seine Kinder in einem stabilen Umfeld aufwachsen und es so schön wie nur möglich haben. Seine eigenen Eltern sind geschieden und er hat sehr schlechte Erinnerungen daran. Aus diesem Grund akzeptiert er auch alles, was seine Frau möchte, um keine Schwierigkeiten zu haben.

Die beiden Kinder sind glücklich, obwohl Frau N nicht besonders herzlich mit ihnen umgeht. Sie ist da und sorgt für sie, aber sie ist sehr kühl. Herr N glaubt, dass sie nicht anders kann und ihr Bestes gibt. Er möchte ihr keinen Vorwurf machen. Er mag seine Frau, aber er schätzt sie nicht mehr, denn die Enttäuschungen sind zu groß.

Eines Tages unterbreiten die Zwillinge den Eltern beim Mittagessen, dass sie für ein Schuljahr ins Ausland gehen möchten. Herr N ist traurig, unterstützt aber seine Kinder. Frau N ist von der Idee begeistert. Seit Langem möchte sie wieder arbeiten gehen und sie sieht das als Chance für ihren Wiedereinstieg in die Arbeitswelt. Nach über 14 Jahren ist das jedoch nicht so einfach. Noch bevor die Kinder abreisen, beginnt Frau N mit ihrem neuen Job.

Herr N macht sich Sorgen um seine beiden Mädchen, obwohl sie gut versorgt sind und auch das Internat einen sehr guten Ruf hat. Er besucht sie im Ausland und ist überrascht und sehr stolz auf die Kinder, wie gut sie alles bewerkstelligen.

Zu Hause ist die Stimmung kühl und wenig kommunikativ. Das Ehepaar hat nun ihr gemeinsames Ziel, die Kinder gut zu versorgen, nicht mehr. Frau N reicht die Scheidung ein. Sie möchte das Haus und viel Unterhalt. Es stellt sich heraus, dass die Kinder seit Jahren Bescheid wissen und die Scheidung befürworten.

Herr N behält schließlich das Haus und die Zwillinge, die nach dem Jahr im Ausland wieder zurückkehren. Herr N fragt sich allerdings, ob es wirklich notwendig gewesen ist, all die Jahre nur wegen der Kinder mit der Kindesmutter zusammen geblieben zu sein. Trotz verschiedener Meinungen seiner Freunde fühlt er, dass es die richtige Entscheidung ist. Die Töchter sind jetzt Teenager und können mit der Trennungssituation besser umgehen. Die Szene mit dem Babyphone behält er allerdings für sich. Er möchte nicht, dass die Kinder einen schlechten Eindruck von ihrer Mutter haben. Außerdem möchte er ein gutes Einvernehmen mit seiner Exfrau haben. Er hilft ihr auch, eine Wohnung zu finden und unterstützt sie bei der Einrichtung. Irgendwie hat er das Gefühl, dass er für sie noch immer verantwortlich ist.

- O -

Frau und Herr O lernen einander bereits in der Jugend kennen und heiraten früh. Nach fünf Jahren kommt das erste Kind zur Welt. Herr O bewirtschaftet einen Gutshof. Frau O arbeitet zuerst Vollzeit und später halbtags als Masseurin in einem nahe gelegenen Rehabilitationsinstitut.

Beide Herkunftsfamilien greifen dem Paar unter die Arme. Herr O wird von seiner Frau und deren Eltern sowie seinen eigenen Eltern am Gutshof unterstützt, obwohl er vier Mitarbeiter beschäftigt.

Das Paar bekommt nach dem ersten Kind, einem Mädchen, noch zwei weitere Mädchen. Die beiden werden im Abstand von nur einem Jahr geboren. Frau O beschließt, zu Hause zu bleiben. Das ist auch im Sinne von ihrem Mann. Frau O kümmert sich in erster Linie um die Mädchen, was ihr große Freude macht. Sie ist eine sehr liebevolle und engagierte Mutter. Sie genießt die Zeit mit den Kindern sehr, unternimmt viel mit ihnen, kocht und bäckt mit Hingabe.

Nach der Geburt des dritten Kindes ist Frau O jedoch oft traurig und weint viel. Sie kann es sich selbst nicht erklären, warum sie so bedrückt ist. Ihre Schwiegermutter, die fast gleichzeitig mit der Geburt des dritten Mädchens in Pension geht, bietet an, Frau O bei der Kinderbetreuung zu helfen.

Frau O ist dankbar für die Unterstützung, obgleich sie merkt, dass die Schwiegermutter etwas autoritär ist. Da Frau O mit sich selbst und ihrer Situation kämpft, hat sie nicht die Kraft, das Thema anzusprechen oder gar mit der Schwiegermutter darüber zu diskutieren. Ihre eigene Mutter hat aufgrund ihrer Berufstätigkeit leider nicht so viel Zeit.

Auszug aus dem Schlafzimmer
Herr O geht viel aus, möchte Frau O aber nicht mitnehmen. Er meint, Herrenabende oder Treffen im Fußballclub wären Veranstaltungen, bei denen sie sich langweilen würde. Frau O fühlt sich immer schlechter und kommuniziert das auch ihrem Mann. Er sagt ihr, sie solle sich nicht so anstellen und endlich mit dem Blödsinn aufhören. Herr O setzt sich in keinerlei Hinsicht mit den Sorgen seiner Frau auseinander. Im Gegenteil - er geht noch mehr aus. Kurz darauf bittet er sie, aus dem Schlafzimmer auszuziehen, weil sie schnarche.

Frau O ist mehr als betrübt und wird immer trauriger. Sie bemüht sich, vor den Kindern nicht zu weinen, doch wenn sie alleine ist, lässt sie den Tränen freien Lauf. Schließlich vertraut sie sich ihrer Mutter an. Diese ist eine sehr sanfte und unselbständige Person und schafft es nicht, ihr beizustehen.

Herr O nörgelt ständig herum und beschimpft seine Frau. Wenn sie zu weinen beginnt, verletzt er sie noch mehr. Die älteste Tochter tröstet ihre Mutter oft in solchen Situationen, was Frau O noch mehr schmerzt.

Eines Tages kommt ein befreundeter Augenarzt von Herrn O zu Besuch. Beim Kaffee diagnostiziert er Frau O eine schwere Depression und besteht darauf, dass sie sich selbst in die Psychiatrie einweisen müsse.

Frau O möchte schon mit einem Psychiater sprechen, aber auf keinen Fall in eine Klinik gehen. Sie hat jedoch keine Chance. Herr O und die Schwiegermutter setzen sie so sehr unter Druck, dass sie sich nicht wehren kann. Herr O bringt sie schließlich in die Psychiatrie, wo sie einem Aufenthalt mit einer Dauer von zwei Monaten zustimmt. Dort wird eine melancholische

Verstimmung diagnostiziert, aber keine Depression.

Frau O erzählt in der Klinik alle Probleme, die sie belasten. Herr O kommt ebenfalls zu einem Gespräch und behauptet, Frau O sei verrückt. Er sagt, sie würde viele Lügen erzählen und gibt an, dass er Angst um die Kinder habe. Die Schwiegermutter bestätigt die Vorwürfe gegen Frau O. Die Mutter von Frau O wird ebenfalls befragt. Da sie aber seltener am Gutshof ist, ist ihre Aussage nicht so gewichtig. Frau O ist ganz erschüttert, kann sich aber nicht wehren. Sie ist traurig und lässt alles über sich ergehen.

Herr O reicht die Scheidung ein und möchte, dass Frau O länger in der Psychiatrie bleibt. Sie fühlt sich alleine und machtlos. Wenn die Kinder zu Besuch kommen, weint sie - einerseits vor Freude und andererseits, weil sie ihre Mädchen so selten sieht. Sie wird als instabil und erziehungsunfähig beschrieben.

Es kommt zu einer gerichtlichen Verhandlung. Herr O bekommt das alleinige Sorgerecht für alle drei Kinder.

Als Frau O entlassen wird, zieht sie bei ihren Eltern ein. Sie erfährt, dass bei ihrem Exmann und den Kindern eine neue Frau eingezogen ist, die nun die Stiefmutter ihrer Mädchen ist. Frau O lässt sich daraufhin auf eigenen Wunsch in die Psychiatrie einweisen, weil sie Selbstmordgedanken verspürt.

Die Kinder sieht sie seitdem kaum und ihren Exmann überhaupt nicht. Alle stempeln sie als verrückt ab, niemand hilft ihr. Sie ist davon überzeugt, dass ihr Exmann und die ehemalige Schwiegermutter alles eingefädelt haben, aber sie kann es nicht beweisen und hat auch kein Geld, um sich Hilfe zu holen.

- P -

Frau und Herr P sind noch nicht sehr lange verheiratet. Als das Paar ein Kind bekommt, hört Frau P zu arbeiten auf und bleibt zu Hause. Herr P ist darüber sehr froh, denn er möchte nicht, dass sein Sohn in eine Kindereinrichtung muss. Frau P geht in ihrer Mutterrolle richtig auf. Sie fördert das Kind sehr und lässt es ihm an nichts fehlen. Alles was sie tut, dreht sich um den Sohn. Er ist der Mittelpunkt der Familie und wird sehr verwöhnt. Frau P möchte nicht einmal, dass Herr P einen Babysitter organisiert, damit sie ab und zu einen Abend für sich als Paar haben. Sie lehnt es auch ab, dass ihre oder seine Eltern das Kind für einige wenige Stunden beaufsichtigen. In diesem Punkt lässt sie nicht mit sich reden.

Herr P bereut langsam eingewilligt zu haben, dass sich seine Frau nur um das Kind kümmern soll. Er hofft, dass Frau P loslässt, sobald der Sohn größer ist.

Als das Kind drei Jahre alt ist, besteht Herr P auf einen Kindergartenplatz - wenigstens für einige

Stunden am Tag. Er setzt sich auch dafür ein, dass der Sohn nun endlich alleine in seinem Kinderzimmer schläft. Doch alles gestaltet sich als schwierig. Hinzu kommen häufige verbale Auseinandersetzungen. Frau P ist wenig bis gar nicht kompromissbereit. Es gibt niemanden, mit dem sie sich bespricht. Neben der Kindererziehung beschäftigt sie sich ein wenig mit Astrologie und holt sich dort Tipps, die Herr P nicht besonders schätzt.

Wenn sie mit Herrn P redet, erwartet sie immer Vorschläge von ihm, die sie dann aber doch nicht befolgt. Das Eheleben wird zunehmend schwieriger. Herr P ist selbständig und bittet seine Frau, in seinem Unternehmen ein bisschen mitzuarbeiten. Er hofft, sie würde sich dadurch weniger auf den Sohn fokussieren. Frau P hat jedoch die Idee, ein weiteres Kind zu bekommen. Herr P überlegt sehr lange, willigt aber letztendlich ein. Er ist nicht wirklich überzeugt davon, dass dies die Lösung der Probleme ist. Herr P liebt seine Frau, aber er ist mit der Gesamtsituation unzufrieden. Oft fühlt er sich überfordert und frustriert.

Nach außen wirkt die Familie wie eine Vorzeigefamilie. Bei den Eltern der Eheleute entsteht der Eindruck, alles sei perfekt. Auch die Mitarbeiter im Unternehmen von Herrn P haben das Gefühl, es sei alles bestens. Wenn das Paar mit Kind auftritt, wirkt es harmonisch und glücklich.

Herr P fühlt sich aber zunehmend einsamer in der Beziehung. Seine Frau ist eine perfekte Mutter - auch dann noch, als sie zwei Kinder zu betreuen hat. Herr P ist und bleibt jedoch immer nur die Nummer zwei. Er fühlt sich lediglich als Vater und Versorger.

Die Eheleute besprechen wenig miteinander. Wenn Herr P nach Hause kommt, möchte er essen und zur Entspannung fernsehen. Er ist genervt, dann noch mit Frau P über ihre - für ihn unwichtigen - Probleme reden zu müssen. Wenn Herr P ausnahmsweise etwas erzählt, dann schimpft er nur über irgendwelche Personen, die Frau P nicht gut kennt. Sie versucht mit ihm zu reden, aber irgendwann hat sie den Eindruck, ihre Meinung interessiert ihn nicht. Das ist für Frau P natürlich nicht in Ordnung, aber sie kann es akzeptieren.

Irgendwann kommt Herr P immer später von der Arbeit nach Hause und ist telefonisch schlecht erreichbar. Seine Frau ist anfangs nicht beunruhigt und macht sich keine Gedanken.

Das Kuss-Smiley

Eines Tages, als Herr P noch schläft, bekommt er eine WhatsApp- Nachricht von einer Dame mit einem Kuss-Smiley. Frau P stellt ihren Mann zur Rede. Er erzählt ihr, dass es sich dabei um eine Mitarbeiterin handle und ein Missverständnis sei. Daraufhin streiten Herr und Frau P heftig. Herr P regt sich auf, weil Frau P seine WhatsApp liest – er fühlt sich kontrolliert. Schließlich sieht Frau P ein, dass sie einen Fehler gemacht hat. Sie glaubt ihm die Ausrede und vergisst den Vorfall schnell.

Einige Wochen später kommt es erneut zu einem seltsamen Vorfall. Herr P bekommt einen Anruf und geht zum Telefonieren auf die Terrasse. Frau P hört, wie er sich vor Beendigung des Gesprächs mit einem Kuss verabschiedet. Sie stellt ihn zur Rede, doch Herr P streitet alles ab. Er wirft ihr vor, krankhaft eifersüchtig und geisteskrank zu sein. Er empfiehlt ihr sogar, sich in psychiatrische Behandlung zu begeben.

Frau P ist sehr verunsichert und beginnt daran zu zweifeln, ob sie die Kuss-Verabschiedung wirklich gehört hat. Sie will nicht als eifersüchtige Ehefrau dastehen und entschuldigt sich letztendlich bei ihrem Mann.

In den nächsten Wochen nimmt Herr P ab und geht zum Sport. Als ihn Frau P darauf anspricht, sagt er, dass er wegen ihr abnehme, weil sie ihn so stresst. Zum Sport gehe er wegen angeblichen Rückenbeschwerden. Frau P zweifelt wieder an sich und bemüht sich, ihrem Mann besonders gesundes Essen zu servieren. Sie ist auch einverstanden, dass Herr P die Nächte im Gästezimmer verbringt. Er könne nicht gut schlafen, wenn Frau P neben ihm liegt, weil sie angeblich schnarche. Außerdem werden auch die Kinder, die mittlerweile beide im Ehebett nächtigen, oft munter. Frau P sieht diese Argumentation ein und akzeptiert alles.

Eines Nachts wird sie wach und hört ihren Mann im Gästezimmer telefonieren. Es ist zwei Uhr. Sie belauscht ihn und nimmt wahr, dass er mit jemandem sehr liebevoll spricht. Sie traut sich aber nicht ins Gästezimmer zu gehen und legt sich wieder schlafen. Am nächsten Tag spricht sie ihren Mann auf das Telefonat an. Er behauptet, dass sie geträumt habe. Frau P weiß aber, was sie gehört hat. Herr P beginnt zu schreien und zu toben und droht ihr, sie in der Psychiatrie anzumelden. Er sagt, dass er keine andere Frau oder eine Affäre habe, aber Frau P würde ihn mit ihrer Eifersucht regelrecht dazu treiben. Frau P beginnt wieder an sich zu zweifeln und schweigt.

Nach einiger Zeit kommt Herr P nach Hause und stellt Frau P vor die Tatsache, dass er sich scheiden lassen möchte, weil er sie nicht mehr aushalte. Er gibt ihr die Schuld für das Scheitern der Ehe. Frau P ist fassungslos und weiß nicht, was sie machen soll. Er legt ihr eine Scheidungsvereinbarung vor, die er bereits genau ausgearbeitet hat. Frau P nimmt sich einen Rechtsanwalt. Es stellt sich heraus, dass Herr P seit Jahren eine Affäre mit seiner Mitarbeiterin hat, die er nun auch heiraten möchte. Frau P ist sehr enttäuscht. Andererseits ist sie froh, denn jetzt hat sie die Bestätigung, nicht verrückt zu sein.

- Q -

Frau und Herr Q sind seit 17 Jahren zusammen und seit 14 Jahren verheiratet. Gemeinsam haben sie einen zehnjährigen Sohn. Herr Q hat aus erster Ehe zwei weitere Kinder. Er zahlt Alimente und für seine Exfrau Unterhalt. Herr Q ist 18 Jahre älter als Frau Q.

Frau Q ist bewusst, dass sie sich auf eine nicht ganz unproblematische Ehe einlässt, weil Herr Q bereits zwei Kinder hat und finanziell nicht gut aufgestellt ist. Zudem macht die Exfrau immer wieder Probleme. Frau Q ist das egal. Sie ist jung und Herr Q beeindruckt sie sehr. Sie hat das Gefühl, sich auf ihn verlassen zu können. Die Finanzen sind ihr gleichgültig. Sie kann mit ihm gut reden und hat es lustig. Außerdem kochen sie gerne miteinander, hören dieselbe Musik und reisen viel. Sie fühlt sich bei ihm sehr wohl.

Herr Q beschäftigt sich gerne mit den Sorgen und Gedanken seiner Frau. Die beiden diskutieren viel und verbringen ausreichend Zeit miteinander, obwohl Herr Q einen anstrengenden Job als Manager in einer großen Firma hat. Frau Q ist

Physiotherapeutin und arbeitet von zu Hause - sie hat eine kleine Praxis im gemeinsamen Haus.

Die Jahre vergehen und Frau Q bewundert Herrn Q immer weniger. Sie erzählt, dass die Ehe ungefähr ab dem dritten Ehejahr nicht mehr glücklich ist. Sie hat oft das Gefühl, dass er sich nicht mehr für sie interessiert. Sie spricht ihr Unbehagen an. Er meint, er wäre nur angespannt, weil es in der Firma nicht so gut läuft. Kurz darauf verliert Herr Q seinen Job. Während er arbeitslos ist, wird er manchmal sehr ungeduldig mit Frau Q und schreit sie oft an.

Frau Q denkt, sie könnte ihre Ehe retten, wenn sie ein gemeinsames Kind hätten. Gesagt, getan. Frau Q wird schwanger. Beide freuen sich sehr. Herr Q ist ausgesprochen kinderlieb. Er ist aber auch etwas besorgt, weil der Zeitpunkt der Schwangerschaft etwas ungünstig ist. Nichtsdestotrotz bereitet sich das Paar auf das Kind vor und verbringt eine harmonische Zeit miteinander.

Kurz nachdem der gemeinsame Sohn geboren wird, bekommt Herr Q ein Stellenangebot im Ausland. Er nimmt es an. Erstens ist er nicht mehr der Jüngste und zweitens hat er nur dieses eine Angebot. Frau Q will jedoch nicht mit ins Ausland.

Es ist ihr wichtig, in ihrer gewohnten Umgebung zu bleiben.

Das Paar einigt sich darauf, dass Herr Q pendelt. Freitag bis Sonntag bei der Familie und Montag bis Donnerstag an seinem Arbeitsort. Das funktioniert anfangs auch recht gut. Frau Q genießt die gemeinsamen Wochenenden sehr.

Nach ungefähr einem Jahr wird Frau Q etwas unruhig, weil ihr Mann an vielen Abenden nicht erreichbar ist. Er hat immer wieder Ausreden. Sie vermutet eine Affäre, aber er bestreitet das vehement. Frau Q möchte nicht nachforschen, denn die Wochenenden sind nach wie vor harmonisch und auch der gemeinsame Urlaub ist für Frau Q angenehm. Sie ist zwar nicht mehr so glücklich wie am Beginn der Ehe, aber es ist im Großen und Ganzen in Ordnung für sie. Es gibt jedoch auch Situationen, wo Herr Q schreit und böse redet, aber das akzeptiert sie wortlos.

Ein besonderer Klient
Frau Q arbeitet wieder und empfängt ihre Klienten. Den Sohn bringt sie stundenweise bei einer Tagesmutter oder bei einer Freundin unter, damit er auch mit anderen Kindern in Kontakt kommt. Ein Klient von Frau Q ist ihr besonders sympathisch. Er redet zwar wenig, aber das, was

er sagt, ist sehr einfühlsam und nett. Frau Q will es nicht wahrhaben, aber sie freut sich immer, wenn er kommt. Als seine Schmerzen besser werden, befürchtet sie, dass er bald nicht mehr kommen würde. Sie sagt aber nichts, sondern hält sich zurück. Sie möchte sich nicht selbst in Schwierigkeiten bringen. Der Klient fragt sie eines Tages, ob er sie zum Essen ausführen dürfe. Sie ist ganz verlegen, freut sich aber sehr.

Am Wochenende erzählt sie Herrn Q von der Einladung. Sie möchte ihn ein bisschen eifersüchtig machen. Herr Q lacht und sagt, er könne sich nicht vorstellen, dass dieser Mann an Frau Q interessiert sei - an einer Frau, die ein Kind hat und nach der Geburt etwas rundlich geblieben ist. Er ist überzeugt, der Klient würde sich nur lustig über sie machen.

Frau Q ruft daraufhin den Klienten an. Sie ist forsch und sagt ihm, dass sie ihn nie wieder sehen möchte. Sie wartet seine Antwort nicht ab und legt einfach auf. Irgendwie ist sie erleichtert. Frau Q erzählt ihrer besten Freundin, was sich zugetragen hat. Die ist jedoch der Meinung, dass sie einen Fehler gemacht habe.

Zwei Wochen später bekommt Frau Q von diesem Herrn einen Blumenstrauß mit einer Einladung in ein sehr schönes Lokal. Sie bespricht sich wieder mit ihrer Freundin und nimmt die Einladung schließlich an. Es ist ein schöner Abend mit netten Gesprächen. Sie kann es kaum glauben, wie liebenswürdig und zuvorkommend dieser Mann ist. Ab diesem Zeitpunkt telefonieren die beiden öfters miteinander und ab und zu kommt er zum Kaffee.

Herr Q weiß von dieser neuen Freundschaft nichts. Frau Q hütet sich, ihrem Mann etwas zu erzählen. Sie überlegt sogar, sich von ihm zu trennen – nicht, um mit dem Klienten zusammen zu sein, sondern weil Frau Q realisiert, wie wenig wertschätzend ihr Mann mit ihr umgeht.

Einige Monate lang trifft sich Frau Q sehr regelmäßig mit dem Klienten und genießt die gemeinsame Zeit. Es entsteht eine schöne Freundschaft. Körperlich kommen sich die beiden aber nicht näher.

Eines Tages kommt Herr Q am Wochenende nicht nach Hause, weil er angeblich Probleme mit seinem Auto hat. Als er in der darauf folgenden Woche heimkommt, sagt er seiner Gattin, dass er sich in eine jüngere Frau verliebt hat und sich scheiden lassen will. Frau Q ist vor den Kopf gestoßen und erschüttert. Herr Q legt ihr die Scheidungsvereinbarung vor.

Nach einem längeren Streit willigt Frau Q letztendlich in die Scheidung ein. Herr Q verpflichtet sich, für sein Kind Alimente zu zahlen, will aber mit ihr und seinem Sohn ansonsten nichts mehr zu tun haben. Frau Q ist entsetzt. Sie weiß nicht, wie sie finanziell weiter machen soll. Schließlich verkauft sie das Haus und zieht mit ihrem Sohn in eine kleinere Wohnung. Der Klient steht ihr dabei zur Seite und berät sie. Frau Q macht sich Hoffnungen und beichtet ihm ihre Gefühle.

Es stellt sich jedoch heraus, dass dieser Mann homosexuell ist. Zu Beginn ist Frau Q irritiert, doch dann vertieft sich die Freundschaft und sie ist sehr dankbar dafür.

- R -

Frau und Herr R sind zwei Jahre zusammen. Frau R ist etwas instabil und rastet immer wieder verbal aus, was ihn oft sehr stört. Er versucht aber, so gut wie möglich, mit der Situation zurecht zu kommen. Oft schiebt er ihre verbalen Entgleisungen auf ihr Alter. Sie ist erst 25 Jahre alt, Herr R ist sieben Jahre älter. Die beiden wohnen in der Eigentumswohnung von Herrn R, die er in die Ehe mitgebracht hat. Er ist Beamter in einer höheren Position und sie arbeitet in einem Versicherungsbüro. Herr R ist sehr ruhig, bleibt gern zu Hause und liest oder sieht fern. Frau R hingegen geht gerne aus. Dies ist ein Streitpunkt zwischen den Eheleuten, denn Frau R geht oft alleine aus und kommt spät in der Nacht nach Hause. Manchmal passiert es auch, dass sie betrunken heimkommt und am nächsten Tag sehr spät oder gar nicht aufstehen kann. Da sie meistens am Wochenende ausgeht, verschläft sie einen Teil davon, was natürlich zu Unstimmigkeiten führt.

Frau R lässt sich aber wegen der Streitigkeiten nicht beirren und meint, es bleibe ihr ja nichts anderes übrig als alleine auszugehen, da ihr Mann so langweilig ist. Er wiederum möchte, dass sie sich am Wochenende miteinander ausruhen, etwas kochen und zu Hause bleiben.

Eines Tages stellt sich heraus, dass Frau R auch öfters mit ihrem Ex-Freund, sozusagen mit dem Vorgänger von Herrn R, ausgeht. Sie erzählt das natürlich nicht, aber durch ein Foto im Internet erfährt Herr R von den Treffen. Er stellt seine Frau nicht zur Rede, sondern behält die Situation im Auge.

Positiver Vaterschaftstest
Nach einigen Monaten fühlt sich Frau R immer schlecht und hat Morgenübelkeit. Die Vermutung, dass sie schwanger ist, bestätigt sich und das Paar ist sehr glücklich. Herr R ahnt jedoch nicht, dass seine Frau nicht weiß, wer der Vater ist. Sie befürchtet und vermutet, dass eventuell der Ex-Freund der Vater sein könnte. Diese Befürchtung behält sie aber für sich und sagt es weder dem einen noch dem anderen. Nach der Geburt des Mädchens sieht sie anhand der Blutgruppe, dass ihr Ex-Freund der Vater sein muss. Sicherheitshalber lässt sie, ohne dessen Wissen, mit einer Haarprobe einen Vaterschaftstest machen - der positiv ist.

Frau R ist verzweifelt und weiß nicht, was sie tun soll, denn Herr R ist überglücklich mit dem Kind. Es vergehen einige qualvolle Monate für sie. Zu ihrem Ex-Freund hat sie den Kontakt abgebrochen, ohne ihn nur im Geringsten über ihre Situation zu informieren. Am ersten Geburtstag des Mädchens betrinkt sich Frau R ein wenig und erzählt ihrem Mann von dem Vaterschaftstest und der ganzen misslichen Lage. Dieser fällt fast in Ohnmacht und kann es gar nicht glauben.

Drei Tage herrscht völlige Funkstille zwischen den Eheleuten. Herr R fährt in die Ferienwohnung am See und meldet sich nicht. Danach kommt er mit einem Vorschlag zurück, mit dem Frau R nie gerechnet hätte. Er möchte alles so belassen, wie es ist. Er ist offiziell der leibliche Vater und will es auch bleiben. Herr R möchte nicht, dass der Ex-Freund erfährt, wer wirklich der biologische Vater ist. Er nimmt Frau R das Versprechen ab, niemandem etwas zu sagen und so wie bisher weiterzuleben.

Frau R ist erleichtert und froh, denn endlich ist sie von dieser Last befreit. Sie ist ihrem Ehemann unendlich dankbar und einige Monate geht es den beiden sehr gut.
Als das Mädchen zwei Jahre alt ist, beginnt Frau R wieder halbtags zu arbeiten. Die Ehe läuft nicht

besonders gut, die gemeinsamen Interessen der Eheleute beschränken sich auf das Kind. Ansonsten verbringen sie die Freizeit oft getrennt. Frau R beginnt wieder öfter auszugehen und, wie es das Schicksal so will, trifft sie auf ihren Ex-Freund, also den leiblichen Vater ihrer Tochter. Dieser weiß natürlich nichts von seiner Vaterschaft. Er berichtet ihr von seiner gescheiterten Partnerschaft und wie unglücklich er sei. Er erzählt, dass seine Freundin ein Kind mit ihm haben wollte, er aber keine Verantwortung übernehmen möchte. Frau R versucht sich von ihm fernzuhalten, aber er schreibt ihr ab und zu und bittet sie immer wieder, ihn zu treffen. Sie versucht sich zurückzuhalten, aber er hat eine magische Anziehungskraft auf sie.

Sie trifft ihn heimlich zum Kaffee, telefoniert mit ihm und geht auch ab und zu, unter einem Vorwand, abends mit ihm aus. Herr R merkt Gott sei Dank nichts davon und so ergibt es sich, dass diese Affäre über zwei Jahre besteht.

Herr R möchte gerne ein zweites Kind. Frau R ist von der Idee nicht begeistert, denn ihre Ehe ist alles andere als glücklich. Letztendlich lässt sie sich aber breitschlagen und setzt die Pille ab. Sie sieht schlussendlich auch einen Vorteil darin, dann eine Zeitlang in Karenz gehen zu können, denn ihr Job macht ihr ohnehin keinen Spaß mehr.

Es dauert nicht allzu lange und Frau R ist wieder schwanger. Die Freude ist groß, bis Frau R realisiert, dass ein Arbeitskollege, mit dem sie sich einmal auf einer Firmenfeier vergnügt hat, auch der Vater sein könnte. Sie rechnet nach und erkennt, dass diese Möglichkeit durchaus besteht, aber verwirft den Gedanken wieder.

Als das Kind - ein Bub - zur Welt kommt, besteht Herr R auf einen Vaterschaftstest. Frau R willigt ein, da sie nicht an Zufälle glaubt. Sie überlegt zwar kurz, was passieren würde, wäre Herr R nicht der Vater, schiebt aber diesen Gedanken gleich wieder beiseite.

Nach einer Woche liegt das Ergebnis vor: Herr R ist NICHT der Vater des Kindes. Der Streit des Ehepaars ist riesig und Herr R will sich sofort scheiden lassen. Er kann und will es nicht glauben. Herr R möchte wissen, wer der leibliche Vater ist und Frau R erzählt ihm von dem One-Night-Stand mit dem Arbeitskollegen.

Herr R informiert sofort diesen Mann. Dieser will jedoch mit dem Kind nichts zu tun haben. Er ist bereit alles zu tun, nur damit seine Frau, um deren Hand er erst kürzlich angehalten hat, nichts erfährt.

Herr R reicht die Scheidung ein und er möchte das alleinige Sorgerecht für beide Kinder. Frau R willigt ein und verlässt das eheliche Haus. Sie zieht in eine kleine Wohnung und beginnt wieder zu arbeiten. Der Kontakt zwischen den ehemaligen Eheleuten ist nur auf ein geringes Besuchsrecht der Kinder beschränkt.

- S -

Frau und Herr S sind über 15 Jahre verheiratet und haben zwei Kinder im Teenageralter. Sie leben zu viert in einer schönen Eigentumswohnung, die dem Vater von Frau S gehört.

Frau S kommt aus einer gut situierten Familie, ihr Mann ist in bescheidenen Verhältnissen aufgewachsen. Diese Ungleichheit hat die Eltern von Frau S von Anfang an gestört und sie schätzen aus diesem Grund ihren Schwiegersohn nicht besonders.

Abgesehen von den Alltagssorgen und den Schulproblemen der Kinder, die sich aber auch in Grenzen halten, sind sie eine ganz unauffällige Familie. Frau S ist Steuerberaterin und hat ihre eigene Kanzlei. Herr S arbeitet als Immobilienmakler in einem großen Immobilienbüro.

Das Einkommen von Frau S ist im Verhältnis zum Einkommen ihres Mannes wesentlich höher und vor allem auch regelmäßig. Herr S hat ein sehr geringes Grundeinkommen und bekommt Provision, wenn er eine Immobilie erfolgreich verkauft. Für alle Fixkosten wie Betriebskosten, Schulgeld, Versicherungen und dgl. kommt Frau S auf. Ihr Mann finanziert, wenn möglich, Zusatzkosten wie Neuanschaffungen, Urlaube und ab und zu auch Lebensmittel.

Die Tatsache, dass Herr S 40 Stunden arbeitet und trotzdem am Monatsende oft nicht viel Geld nach Hause bringt, führt häufig zu Streit. Frau S möchte deshalb, dass sich ihr Mann nach einer anderen Stelle umsieht. Herr S stimmt zwar zu, macht aber keine Anstalten, einen neuen Job zu finden. Frau S beklagt sich oft bei ihren Freundinnen. Zu ihren Eltern möchte sie nichts sagen, denn diese stehen ihrem Mann ohnedies nicht sehr positiv gegenüber. Der Grund dafür ist die Eigentumswohnung, in der die Familie wohnt. Der Vater von Frau S wollte die Wohnung dem Paar eigentlich zur Hochzeit schenken. Zu diesem Zeitpunkt gab es aber immer wieder Unstimmigkeiten zwischen den Eltern von Frau und Herrn S, deshalb entschied sich der Vater von Frau S, die Wohnung zu behalten. Er hat vor, sie zu einem späteren Zeitpunkt entweder seiner Tochter oder den Enkelkindern zu übergeben.

Der Laptop

Während des COVID-19 Lockdowns spitzt sich die Situation zwischen den Eheleuten etwas zu. Frau S ist sehr unzufrieden, denn sie hat das Gefühl, dass jegliche Last auf ihren Schultern liegt. Sie hat immer wieder körperliche Beschwerden wie Rückenschmerzen, Kopfweh und Übelkeit. Eines Tages bringt eine Situation das Fass zum Überlaufen. Die Familie besitzt drei Computer. Herr S arbeitet immer auf dem Gerät von seiner Frau. Bis dato hat er selbstverständlich alle seine Schreibarbeiten vom Büro aus auf seinem PC erledigt, aber durch den Lockdown ist das derzeit nicht möglich. Als sich Frau S beklagt, meint er, dass sie ihm einen Laptop kaufen solle, dann müsse er nicht ihren verwenden. Frau S ist über diese Aussage entsetzt.

Sie fühlt sich überfordert und bespricht das mit ihrem Mann. Herr S ist jedoch der Meinung, dass seine Frau hysterisch sei. Die Belastung von Frau S ist mittlerweile so groß, dass ihre Rückenschmerzen immer stärker werden und sie einen Bandscheibenvorfall bekommt. Sie muss operiert werden und anschließend auf Rehabilitation gehen. Es stellt sich die Frage, ob Herr S die Familiensituation mit den beiden Teenagern und dem Haushalt in ihrer Abwesenheit alleine meistern kann. Frau S bezweifelt das, aber ihr Gesundheitszustand lässt es nicht zu, dass sie mit der Operation wartet. In ihrer Kanzlei übernimmt ein Mitarbeiter einen Teil ihrer Arbeit und Frau S nimmt sich, gegen den Ratschlag des Arztes, vor, auch einige Dinge vom Krankenbett aus zu organisieren und zu erledigen.

Gesagt, getan. Frau S wird operiert und alles geht gut. Sie bleibt einige Zeit im Krankenhaus und anschließend geht sie für sechs Wochen auf Rehabilitation. Es scheint alles glatt zu laufen. In ihrer Kanzlei ist alles bestens, sie bekommt regelmäßig Berichte und erledigt den einen oder anderen Termin via Zoom-Meeting. Wenn Frau S zu Hause nachfragt, scheint immer alles perfekt zu sein. Sie wundert sich zwar ein wenig, denn vor ihrer Operation hat sie den Kindern oft bei den Hausaufgaben helfen müssen. Wie es scheint, meistert Herr S aber alles ganz gut. Sie ist sehr froh über diese Tatsache und kommuniziert das auch.

Als Frau S wieder einmal mit ihrer Freundin telefoniert, deren Kinder in derselben Schule sind wie ihre, hört sie, dass es massive Schwierigkeiten in der Schule gibt. Sie erfährt, dass ihr Sohn ausgelacht wird, weil er stinke. Frau S ist wahnsinnig besorgt und entsetzt. Sie bittet ihre Mutter, die im Ausland lebt, zu kommen, um nach den Kindern zu sehen. Ihren Mann stellt sie zur Rede, aber er meint, dass alles soweit in Ordnung sei.

Die Mutter von Frau S findet die Wohnung und das ganze Drumherum in einem schrecklich ungepflegten Zustand vor. Da sie eine sehr agile und rüstige Person ist, bringt sie das Chaos in der Wohnung innerhalb von sieben Tagen in Ordnung. In der Schule erfährt sie, dass die Kinder nur unregelmäßig zum Unterricht kommen, keine Hausaufgaben erledigen und beide in ihren Leistungen massiv nachgelassen haben. Herr S gesteht schließlich seiner Frau, dass er schwer überfordert ist, sie aber nicht belasten will. Warum er sich keine Hilfe geholt hat, weiß er auch nicht.

Frau S überlegt und kommt zu dem Entschluss, dass sie, sobald sie wieder daheim ist, ihre Ehe beobachten werde. Sie fühlt sich, als wäre sie Alleinerzieherin von drei Kindern.

Als Frau S wieder nach Hause kommt, bleibt ihre Mutter noch einige Tage, um sie etwas zu unterstützen. Es ist nicht verwunderlich, dass sie kein gutes Haar an Herrn S lässt, denn er bringt nichts auf die Reihe. Frau S leidet unter der angespannten Situation sehr.

Nach der Abreise der Mutter bespricht sich Frau S mit ihrem Ehemann. Gemeinsam erstellen sie eine Liste, um die Situation, in der sie sich befinden, bewältigen zu können. Sie möchte gerne mit ihm beisammenbleiben, weil sie ihn noch immer mag und er der Vater ihrer Kinder ist.

Beide arbeiten sehr an ihrer Beziehung und jeder bemüht sich, dass es zu keinen Streitereien kommt. Die Tätigkeiten im Haushalt werden nun gerechter aufgeteilt. Herr S studiert häufig die Stellenangebote und bewirbt sich auch immer wieder. An den Wochenenden werden gemeinsame Aktivitäten geplant und auch durchgeführt. Das Paar besucht eine Paartherapie und jeder versucht, sein Bestes zu geben.

Frau S geht es wegen der gemeinsamen Bemühungen um ihre Beziehung etwas besser, allerdings will sie ihre ganze Lebenssituation nochmals überdenken. Sie ist sich nicht sicher, ob ein Zusammenleben mit ihrem Mann auf die Dauer erträglich für sie ist. Sie analysiert sich und ihr Umfeld, führt viele Gespräche und reflektiert Situationen. Sie will es nicht wahrhaben, aber das monetäre Ungleichgewicht zwischen ihren Mann und ihr belastet sie mehr, als sie gedacht hat. Sie kommt auch zur Erkenntnis, dass sie sich nicht so auf ihn verlassen kann, wie sie das gerne hätte.

Sie hat stets das Gefühl, dass jede Entscheidung letztendlich bei ihr liegt und sie die alleinige Verantwortung trägt. Sie fühlt sich stark überfordert und nicht auf Augenhöhe mit ihrem Mann.

Sie mag ihren Mann sehr gerne und sieht in ihm einen Freund, zu dem sie sich auch hingezogen fühlt. Außerdem ist er sehr zuvorkommend und bemüht, aber als Partner fürs Leben fehlt ihr zu viel.

Es dauert einige Wochen, bis sich Frau S überwinden kann, ihre Entscheidung in Worte zu fassen und ihrem Ehemann mitzuteilen, dass sie sich trennen wird. Frau S will Herrn S nichts Böses und trennt sich sehr fair. Sie möchte, dass sie weiterhin miteinander reden können, schließlich sind sie immer noch die Eltern ihrer Kinder. Frau S hat ein wenig ein schlechtes Gewissen, sie fühlt sich, als hätte sie Herrn S im Stich gelassen. Dennoch weiß sie, dass ihre Entscheidung richtig ist.

- T -

Frau und Herr T lernen einander bei einem klassischen Konzert in der Pause kennen. Sie verlieben sich zwar nicht gleich ineinander, sind aber voneinander begeistert. Herr T ist ein eher kleiner Mann und rotblond. Frau T ist braunhaarig, sehr schlank und etwa einen Kopf größer als er. Frau T sagt, dass sie sich von Herrn T angezogen fühlt, obwohl er äußerlich gar nicht ihrem Geschmack entspricht. Normalerweise gefallen ihr eher dunkelhaarige, sehr große und muskulöse Männer. Alle ihre Ex-Freunde waren ganz andere Typen als Herr T.

Da die beiden rund 300 Kilometer voneinander entfernt wohnen, treffen sie sich - so oft es nur irgendwie möglich ist – an den Wochenenden. Sie verlieben sich ineinander. Herr T besucht Frau T öfters, da sie eine größere Wohnung hat und er sich in ihrer Wohnung sehr wohl fühlt. So kommt es, dass sie drei Jahre lang eine Fernbeziehung führen. Frau T beschreibt die Beziehung als extrem glücklich. Sie freut sich die ganze Woche auf Herrn T. An den Wochenenden verbringen sie nur Zeit zu zweit. Sie kochen miteinander, machen Ausflüge, besuchen Konzerte oder gehen ins Kino. Sie treffen sich nie mit anderen Personen und arbeiten auch nie am Wochenende. Im Sommer nehmen sie einen ganzen Monat frei und verreisen. So kommt es auch, dass sich ihre Familien nicht kennen und weder Frau T noch Herr T vorgestellt werden. Frau T meint, nur ihre Zweisamkeit ist ihnen wichtig.

Während der Woche trifft Frau T ihre Freundinnen und ab und zu auch ihre Familie. Sie erledigt in dieser Zeit alle Dinge, die sie nicht machen kann, wenn Herr T bei ihr ist. Das ist aber kein Problem für sie, sie genießt das Leben sehr. Wenn es einmal kleinere Unstimmigkeiten gibt, sind diese beim nächsten Treffen wieder vergessen.

Frau T kommt aus einem guten Haus und verdient auch gut. Sie macht sich nie finanzielle Sorgen und kauft sich alles, was ihr Herz begehrt. Sie ist nicht extrem, aber sie lässt sich auch nichts abgehen. Herr T ist etwas zurückhaltend, wenn es um Ausgaben geht. Frau T bemerkt das zwar, aber es spielt keine Rolle für sie. Frau T ist eine sehr großzügige Person.

Nach drei Jahren bekommt Herr T endlich ein Jobangebot, welches nur wenige Kilometer vom Wohnort von Frau T entfernt ist. Er kündigt und nimmt den neuen Job an. Herr T zieht bei Frau T ein und beide sind überglücklich. Herr T muss beruflich oft verreisen, das ist aber kein Problem für sie.

Frau T denkt an Heirat und stellt Herrn T ihren Eltern und ihren Freundinnen vor. Die Mutter von Frau T ist nicht sehr begeistert, akzeptiert aber die Wahl ihrer Tochter. Außerdem nehmen sich die Eltern vor, geographisch näher zu ihrer Tochter zu ziehen, da sie bald in Pension gehen werden und dann mehr Zeit mit ihrer Tochter verbringen möchten.
Die Eltern von Herrn T wohnen etwa acht Autostunden entfernt. Sie sind beide alt und gebrechlich und freuen sich sehr, dass sie bald eine Schwiegertochter bekommen.

Er möchte sie ganz für sich
Frau und Herr T wollen eine Familie gründen. Frau T setzt die Pille ab und ist kurz darauf schwanger. Das Gästezimmer wird zum Kinderzimmer umgebaut. Herr T möchte nun nicht mehr so viel unterwegs sein und versucht einen neuen Job zu bekommen, wo er mehr zu Hause sein kann. Als das Kind geboren wird, zieht die Mutter von Frau T für zwei Monate ein, damit sie ihre Tochter unterstützen kann. Alles funktioniert sehr gut und Frau T ist überglücklich. Ungefähr einen Monat nach der Geburt bekommt Herr T ein Jobangebot, wo er zwar etwas weniger verdient, aber viel mehr

zu Hause sein kann. Ohne es mit seiner Frau zu besprechen, nimmt er den Job an.

Plötzlich beginnen die ersten Schwierigkeiten. Wenn Frau T möchte, dass ihr Mann das Kind übernimmt, damit sie zum Friseur gehen kann, nörgelt er. Er will, dass sie immer bei ihm ist.

Herr T schränkt seine Frau in vielen Bereichen wahnsinnig ein. Er will nichts unternehmen und sie ganz für sich haben. Da sie jetzt nur Kindergeld bekommt, ist sie finanziell etwas weniger flexibel. Zu Beginn nimmt sie etwas Geld von ihrem Ersparten, aber das will sie nicht zur Gänze aufbrauchen. Sie merkt, dass der gemeinsame Alltag mit Herrn T problematisch ist.

Herr T möchte nicht, dass sie ins Fitnesscenter geht, beschwert sich aber, dass sie seit der Geburt viel dicker ist. Er findet seine Frau nicht mehr so gepflegt und hübsch, wie sie einmal war. Das kränkt Frau T, aber sie spricht es nicht an. Sie isst bei den Mahlzeiten zwar sehr wenig, doch aus Verzweiflung und Frustration nascht sie ziemlich viel.

Es geht schließlich so weit, dass Herr T, wenn er im Fernsehen oder auf der Straße eine hübsche und schlanke Dame sieht, Frau T darauf aufmerksam macht. Er sagt sogar, dass er sich körperlich nicht mehr zu ihr hingezogen fühle und dass er sich früher oder später anderweitig umschauen müsse.

Herr T ist massiv unzufrieden mit dem Äußeren seiner Frau und das, obwohl er selbst auch zugenommen hat - ganz ohne Schwangerschaft. Frau T versucht, einen Ernährungscoach und einen Personal-Trainer zu engagieren. Das ist Herrn T aber zu teuer, er will für derartige Spielereien, wie er es nennt, kein Geld ausgeben.

Frau T bemüht sich mittels Internet zu turnen, um körperlich wieder fit zu werden. Sie ist allerdings unglücklich, weil sie sich finanziell sehr einschränken muss, obwohl das gar nicht notwendig wäre. Ihre Freundinnen schenken Frau T zum Geburtstag einige Trainingsstunden im Fitnesscenter. Herrn T ist das nicht recht, er möchte nämlich nicht, dass seine Frau alleine weggeht.

Frau T leidet darunter, dass Herr T so viel zu Hause ist und sie gar keine Zeit mehr für sich selbst hat. Auch ihre Freundinnen dürfen sie nicht besuchen. Sie fühlt sich richtig schlecht, denn Herr T beobachtet sie dauernd und beschwert sich oft. Es stört ihn sehr, dass sie sich häufig mit ihrer Familie trifft. Frau T bringt nämlich den gemeinsamen Sohn öfters zu ihrer Mutter, um Zeit für sich zu haben oder wenigstens in Ruhe Lebensmittel einkaufen zu können. Das missfällt Herrn T sehr und er unterbindet den Kontakt zu ihren Eltern. Frau T fügt sich auch in diesem Punkt.

Nach reiflicher Überlegung, einigen Gesprächen mit ihren Freundinnen sowie diversen Internetrecherchen beschließt Frau T, sich zu trennen. Sie sagt es ihrem Mann, aber der meint, dass eine Trennung für ihn nicht in Frage käme. Er fragt sie weder, warum sie das möchte, noch was er ändern könne - gar nichts. Er nimmt Frau T nicht ernst und sagt ihr, dass sie mit diesem Unsinn aufhören solle, weil sie sich lächerlich mache.

Frau T bespricht sich mit einer Freundin, die gerade frisch geschieden ist und holt sich Tipps. Sie lässt sich auch juristisch beraten und schickt ihrem Mann schließlich die Scheidungspapiere.

Es dauert etwas, bis Herr T realisiert, dass es Frau T definitiv ernst meint und es kein Zurück mehr gibt. Er beschimpft sie und legt ihr Steine in den Weg, wo er nur kann. Frau T ist aber konsequenter als je zuvor. Sie bemerkt erst jetzt, wie sie Herr T von Jahr zu Jahr mehr eingeschränkt hat und wie dominant er gewesen ist. Sie realisiert auch, dass sie sich zu viel gefallen hat lassen und zu lange zugeschaut hat, ohne auf ihre Bedürfnisse zu achten.

- U -

Frau U und Herr U sind seit geraumer Zeit getrennt und haben einen gemeinsamen Sohn. Frau U ist Lehrerin und sehr engagiert, Herr U ist Direktor an einer höheren Schule.

Schon bald nach der Geburt des Sohnes geht das Ehepaar getrennte Wege, denn beide haben das Gefühl, nicht beisammenbleiben zu wollen. Frau U fühlt sich von ihrem Mann nicht mehr verstanden und will auch nicht am Fortbestand ihrer Ehe arbeiten.

Beide finden auch sofort andere Partner. Sie treffen sich auch oft zu viert und, obwohl der Sohn bei der Mutter lebt, sieht er seinen Vater sehr oft. Die neuen Beziehungen sind extrem unkompliziert, es gibt nie Streit. Frau U kommt mit der neuen Lebensgefährtin von Herrn U gut aus und auch Herr U versteht sich mit dem neuen Lebenspartner von Frau U bestens.

Als Herr U heiraten will, reicht er die Scheidung ein – und auch das geht alles sehr vernünftig und ruhig über die Bühne. Frau U beschreibt das Verhältnis zwischen den Erwachsenen als sehr angenehm und freundlich. Es gibt keine Eifersüchteleien oder Komplikationen, wie das bei Expartnern durchaus üblich ist.

Der Sohn von Frau und Herrn U wächst sorglos und wohlbehütet auf. Er verbringt mehr Zeit bei seiner Mutter, geht aber auch gern zu seinem Vater. In den Ferien darf er sowohl mit seinem Vater als auch mit seiner Mutter auf Urlaub fahren. Frau U ist sehr froh darüber, denn überall, wo das Kind ist, wird ihm viel Aufmerksamkeit geschenkt.

Kurz bevor der Bub in die Schule kommt, verändert er sich auf einmal sehr. Er wird immer ruhiger und zieht sich zurück. Er will auch nicht mehr gerne zum Vater gehen. Frau U macht sich Sorgen und fragt nach, aber das Kind wird nur noch verschlossener. Als auch die Kindergärtnerin das seltsame Verhalten anspricht, beschließt Frau U, eine Psychotherapeutin aufzusuchen. Der Bub besucht daraufhin die Kinderpsychologin regelmäßig, aber er erzählt dort nichts Auffälliges und niemand kann sich erklären, warum das Kind so verändert ist.

Einige Zeit später schreit das Kind plötzlich in der Nacht auf. Frau U wird munter und setzt sich an sein Bett. Der Bub erzählt von Spielen mit dem

Vater. Frau U traut ihren Ohren nicht. Es handelt sich um eine Art von Sexspielen und auch die Frau von Herrn U spielt eine Rolle dabei. Der Sohn sagt, dass dies aber ein Geheimnis sei, das er mit dem Papa habe und dass niemand etwas davon erfahren dürfe, sonst komme die Polizei und sperre ihn ein. Er berichtet auch von einem Stein, der ihn beschützt, damit ihm nichts passiert. Der Bub erzählt noch andere Details, die Frau U fast in den Wahnsinn treiben.

Zuerst bespricht Frau U diesen Vorfall mit ihrem Freund und dann ruft sie Herrn U an. Sie erzählt ihm, was sie erfahren hat und stellt ihn zur Rede. Dieser kann sich nicht vorstellen, was das alles sein soll und will sofort mit dem Kind sprechen. Frau U überlegt nicht lange und geht zur Polizei. Sie will, dass der Vater seinen Sohn bis zur Klärung der Vorwürfe nicht mehr sehen darf und beauftragt einen Rechtsanwalt.

Frau U befindet sich in einem Schockzustand und kann nicht arbeiten gehen. Sie bespricht die Vorkommnisse mit der Kindergärtnerin und sie versuchen, das Kind so zu behandeln, als wäre nichts vorgefallen. Von diesem Zeitpunkt an besucht der Bub zwei Mal wöchentlich die Kinderpsychologin, aber der Bub erzählt nichts. Er redet auch mit seiner Mutter nicht mehr über das Thema.

Der Vater und dessen Frau unternehmen rechtliche Schritte gegen Frau U und deren Freund. Sie beschimpfen sie auf offener Straße und machen Frau U das Leben zur Hölle. Diese ist sehr verzweifelt und macht sich wahnsinnige Vorwürfe –sie weiß vor Sorge weder ein noch aus. Sie glaubt ihrem Kind, denn sie kann sich nicht vorstellen, dass ein Sechsjähriger derartige Dinge erfinden kann. Herr U zeigt seine Exfrau wegen Rufschädigung an und droht ihr, sie zu vernichten.

Einmal kommt er zu Frau U nachhause und schreit herum, dass er sie umbringen und zerstören werde. Frau U geht zur Polizei, worauf Herr U eine Wegweisung, sprich ein Betretungsverbot, bekommt. Das heißt, er darf sich weder dem Kind, noch ihr, noch dem Haus von Frau U nähern.

Frau U lässt sich beraten. Das Kind wird zwei Mal befragt und ein Gutachten wird erstellt. Der Bub bestätigt, dass er mit seiner Mutter ein Gespräch geführt hat und dass der Vater Spiele mit ihm gemacht hat.

Es kommt zu zahlreichen Terminen bei Rechtsanwälten, Psychologen und Psychiatern. Herr U behauptet, dass seine Exfrau dem Sohn das Gespräch eingeredet habe und dass sie verrückt sei. Sie würde ihn hassen und hätte alles von langer Hand geplant. Herr U beantragt beim Jugendamt, dass sein Sohn der Mutter weggenommen wird und in ein Heim kommen soll.

Frau U sagt, dass sie alles zum Kindeswohl beitragen werde und sie auf keinen Fall zustimmen werde, dass das Kind ins Heim kommt.

Die Zeit vergeht und der Bub kommt in die Schule. Frau U und ihr Freund versuchen, das Kind zu schützen und nicht zu belasten. Sie unternehmen viele Ausflüge mit ihm und laden auch seine Freunde ein. Sie bemühen sich sehr, das Kind abzulenken und ihm eine sorgenfreie Zeit zu gestalten.

Die Situation wird ständig schwieriger, weil mittlerweile immer mehr Leute Bescheid wissen und hinter vorgehaltener Hand reden. Frau U und ihr Freund möchten mit dem Kind wegziehen, aber solange es keinen Gerichtsbeschluss gibt, ist das nicht erlaubt. Außerdem müsse der Kindesvater einverstanden sein.

Als der Arzt in die Schule kommt und die Kinder untersucht, schreckt der Sohn von Herrn und Frau U zusammen, denn der Arzt sieht seinem Vater ähnlich. Das Kind beginnt zu schwitzen und benimmt sich sehr auffällig. Er sitzt ganz ruhig und starrt auf den Boden. Er reagiert auf nichts und atmet ganz flach. Der Arzt kann das Kind nicht untersuchen. Als er wieder außer Sichtweite ist, entspannt sich der Bub und redet auch wieder mit seiner Lehrerin. Sie meldet jedoch ihre Beobachtung der Schulleitung und dem Kinderpsychologen.

Wieder werden das Kind und die Eltern und deren Partner zu Gesprächen gebeten. Der Bub ist mittlerweile so schwer belastet, dass er schlecht schläft und ruhelos ist. Er kann dem Unterricht nicht mehr gut folgen und benimmt sich auffällig.

Das Gericht beschließt, dass das Kind vorübergehend (bis alle Gutachten und Schriftstücke vorliegen) fremd untergebracht werden muss, da es bereits extrem auffällig ist. Frau U bekommt daraufhin einen Nervenzusammenbruch und muss ins Krankenhaus. Kurz nachdem sie eingeliefert wird, bekommt sie auch noch eine Gürtelrose. Die Beziehung von Frau U und ihrem Freund ist mittlerweile sehr belastet. Er bekommt einen Bandscheibenvorfall und muss operiert werden.

Die ganze Sache mit dem Gericht dauert extrem lange, es werden immer wieder Gutachten eingeholt und Termine verschoben. Frau U ist verzweifelt. Sie lässt sich karenzieren und letztendlich steht Aussage gegen Aussage. Herrn U kann nichts nachgewiesen werden. Der Richter beschließt allerdings, dass das Kind bestimmen kann, bei welchem Elternteil es leben möchte. Der Bub entscheidet sich für seine Mutter und weigert sich, zum Vater zu gehen. Herr U klagt wieder und das Leid nimmt kein Ende.

- V -

Herr und Frau V sind schon viele Jahre verheiratet und haben vier Töchter, die alle zwar nicht mehr klein sind, aber noch zu Hause wohnen. Die Jüngste ist 15 und die Älteste 21 Jahre alt.

Frau V ist seit der Geburt der ersten Tochter zu Hause, ihr Mann ist bei einer Versicherung tätig und erfolgreich. Er verdient zwar gut, aber als Alleinverdiener müssen die Finanzen stets im Auge behalten werden. Frau V bäckt regelmäßig für Hochzeiten und diverse Veranstaltungen oder macht Weihnachtskekse, um ihr Budget aufzubessern. Alle vier Töchter sind sehr fleißig und arbeiten neben der Schule und dem Studium. Auch Ferialjobs sind eine Selbstverständlichkeit für die Mädchen.

Auszug aus heiterem Himmel
Von einem Tag auf den anderen möchte Herr V ausziehen und er zwingt seine Frau zu unterschreiben, dass sie damit einverstanden ist. Er sagt, er brauche eine temporäre Auszeit. Er

zieht zu einer Arbeitskollegin und deren Mann, die ihm kostenlos ein Zimmer zur Verfügung stellen. Frau V kennt dieses Ehepaar.

Frau V sieht ein, dass ihrem Mann möglicherweise alles zu viel ist und reagiert sehr verständnisvoll. Sie verteidigt ihn sogar bei seinen Eltern, die mit dem Auszug gar nicht einverstanden sind. Frau V hat ein sehr gutes Verhältnis zu den Schwiegereltern.

Frau V legt Wert darauf, dass die Familien gut miteinander auskommen. Es sei zwar nicht immer leicht, sagt sie, aber es wäre wichtig für die Kinder, damit sie sich wohl fühlen. Frau V ist sozusagen der Mittelpunkt der Familien. Sie lädt immer alle ein und alle Feste finden im Haus von Herrn und Frau V statt. Sie kümmert sich um die Schwiegereltern und um ihre eigenen Eltern und steckt ihre Bedürfnisse immer zum Wohle der anderen zurück. Sie beschreibt sich als Familienmensch, der sich am wohlsten fühlt, wenn es allen gut geht. Die Töchter unterstützen ihre Mutter und bis auf die Jüngste, die etwas rebellisch ist, sind die Mädchen sehr unkompliziert.

Frau V meint, es gibt überall kleine Streitereien, aber das ist normal und die Kinder müssen lernen, dass man sich trotzdem sehr gern hat und zusammenhält.

Obwohl Herr V ausgezogen ist, kommt er jeden Sonntag zum Mittagessen mit der Familie. Man hat das Gefühl, als wäre alles ganz normal und er würde daran arbeiten, bald wieder zurückzukommen. Herr und Frau V können gut miteinander reden und es kommt nie zu einem Streit. Herr V kommt auch ab und zu während der Woche zum Abendessen und er bringt und holt seine Wäsche, wann immer es ihn freut. Man weiß nie, wann er zu Besuch kommt, aber er kommt sehr regelmäßig.

Einige Wochen vergehen und Herr V ist immer sehr gut gelaunt, wenn er nach Hause kommt. Man hat den Eindruck, dass es ihm sehr gut geht.

Eines Tages gibt Herr V seiner Frau einen Brief. Darin schreibt er, dass er die Scheidung möchte. Er will nicht mehr zurückkehren, würde aber hin und wieder zu Besuch kommen. Bis die jüngste Tochter 18 Jahre ist, könne alles so bleiben wie bisher, dann allerdings solle Frau V ausziehen.

Für Frau V bricht eine Welt zusammen. Sie fällt in eine Schockstarre und sitzt, nachdem sie den Brief gelesen hat, stundenlang bewegungslos in der Küche. Als die Töchter nach Hause kommen, erzählt sie ihnen die Neuigkeit und auch sie sind schockiert. Die Kinder rufen sofort ihren Vater an, aber dieser hebt nicht ab.

Frau V informiert ihre Schwiegereltern, die bereits Bescheid wissen und sich sehr eigenartig benehmen. Ihre Eltern möchte Frau V aufgrund ihres hohen Alters nicht belasten und deshalb erzählt sie ihnen nichts davon. Am darauffolgenden Sonntag kommen die Schwiegereltern das erste Mal unentschuldigt nicht mehr zum Mittagessen. Frau V ist vor den Kopf gestoßen, da sie sehr viel auf sie hält und sich nichts vorzuwerfen hat. Es stellt sich heraus, dass die Schwiegereltern mit Frau V nichts mehr zu tun haben möchten. Frau V wird gemieden, selbst ihre Anrufe werden nicht beantwortet. Lediglich mit den Kindern wird kontaktiert.

Es dauert nicht lange und ein Brief vom Rechtsanwalt mit dem Scheidungsvorschlag flattert ins Haus. Frau V hat kein Geld, um sich einen Anwalt zu nehmen, außerdem hat sie Angst, wenn sie mit dem Gericht zu tun hat. Sie geht zu einer öffentlichen Scheidungsberatungsstelle und lässt sich beraten. Sie fühlt sich alleine gelassen, möchte aber die Kinder nicht involvieren und sagt ihnen, dass alles in Ordnung sei.

Herr V leitet die Scheidung ein und Frau V nimmt, gegen den Rat aller, keinen Anwalt und stimmt allen Vorschlägen ihres Mannes zu. Sie wird geschieden. Ihre monatliche Unterhaltszahlung ist sehr gering, aber solange sie noch im Haus wohnen kann, schafft sie es mit sehr viel Mühe und Engagement. Sie kocht und bäckt sehr viel, ist aber von den Aufträgen abhängig. Da sie diese Nebeneinkünfte nicht versteuert, hat sie ständig Angst, angezeigt zu werden. Müsste sie nämlich für diese Tätigkeit Abgaben entrichten, bliebe ihr nicht genug zum Überleben. Ihr Einkommen ist nämlich mit den Alimenten für die Kinder bemessen und sie will nicht, dass sich ihre Mädchen noch mehr einschränken müssen. Sie nimmt es ihrem Exmann sehr übel, dass er sie so behandelt, aber sie unternimmt nichts. Sie betet viel und hofft auf Hilfe. Ihren geschiedenen Mann trifft sie gezwungenermaßen, wenn er ins Haus kommt, um die Kinder zu sehen. Sie streitet nicht und ignoriert ihn, so gut es geht. Obwohl sie sehr enttäuscht von ihm ist, verhält sie sich korrekt. Sie möchte, dass die Kinder möglichst wenig belastet werden.

Frau V bespricht eines Tages ihre Sorgen mit dem Pfarrer ihrer Heimatgemeinde und dieser bietet ihr seine Hilfe an. Er kennt Frau V sehr gut, weil sie immer wieder die Pfarre unterstützt und oft Kuchen spendet. Frau V beginnt für die Pfarre zu arbeiten. Dadurch hat sie ein fixes Einkommen und ist auch versichert. Sie ist sehr dankbar und engagiert sich sehr. Sie ist sehr beliebt und, obwohl es ihr selbst nicht gut geht, hilft sie anderen Menschen, wo sie nur kann.

Als nach einigen Monaten der Vater von Frau V stirbt und ihre Mutter nicht alleine leben kann, zieht Frau V mit der jüngsten Tochter zu ihr, um sie zu betreuen. Die anderen Töchter bleiben im Haus. Frau V bricht den Kontakt zu ihrem Exmann ab. Gerüchten nach hat Herr V immer wieder Freundinnen, doch Frau V interessiert das nicht mehr. Sie sagt, sie wünscht ihm alles Gute und es ist ihr egal, wie er sein Leben lebt.

Herr V zieht schließlich zu den älteren Mädchen ins Haus und versucht, wieder Kontakt mit seiner Exfrau aufzunehmen. Frau V will aber nichts mehr mit ihm zu tun haben. Sie ist jedoch bereit, an Familienfesten teilzunehmen, um die Kinder nicht zu enttäuschen.

- W -

Frau und Herr W sind schon lange ein Paar, allerdings ist ihr Verhältnis geheim. Herr W ist Arzt und Frau W ist Operationsschwester. Beide arbeiten im selben Krankenhaus. Herr W ist verheiratet und hat zwei Kinder. Er lebt gemeinsam mit seiner Familie in einem Haus. Frau W lebt alleine in einer Wohnung. Herr W besucht sie regelmäßig und wohnt auch tageweise bei ihr. Frau W möchte gerne, dass Herr W sich auch offiziell für sie entscheidet, aber Herr W vertröstet sie immer und meint, dass die Zeit dafür noch nicht reif sei. Er hat Angst, seine Frau würde die Scheidung nicht verkraften.

Frau W bewundert Herrn W nicht nur beruflich, sondern auch privat. Sie liest ihm jeden Wunsch von den Augen ab und hält sich im Hintergrund, damit niemand erfährt, dass sie ein Paar sind. Er betont immer, falls die Verbindung zwischen ihnen zu früh publik wird, muss er sie abbrechen.

Einmal im Jahr fährt Herr W mit seiner Geliebten auf Urlaub. Zu Hause erzählt er, er würde an einem Kongress teilnehmen. Frau W ist für diese Woche sehr dankbar, denn dann gibt sie sich als seine Frau aus und genießt jede Minute. Sie stellt sich vor, wie es sein wird, wenn sie einmal mit ihm verheiratet ist.

Beruflich ist Frau W sehr angesehen, denn sie ist engagiert und kompetent. Auch Herr W schätzt ihre Arbeit sehr, sie ist sicher die beste Operationsschwester im Krankenhaus. Frau W ist aufgrund ihres Berufs und einigen Ersparnissen sehr unabhängig und bekommt keine finanzielle Zuwendung von Herrn W - außer kleinen Geschenken zum Geburtstag oder zu Weihnachten. Herr W ist trotzdem sehr fordernd. Wenn er bei ihr ist, besteht er auf hochpreisige Lebensmittel. Auch Kosmetika, die er bei ihr verwendet, „bestellt" er bei Frau W, da er sich nicht mit herkömmlichen Duschgels oder Cremen pflegen will. Frau W erledigt und kauft alles, damit sich Herr W wohl fühlt. Sie betont immer wieder, dass er ein ganz besonderer Mensch für sie ist.

Irgendwann, nachdem die Beziehung schon einige Jahre besteht, beschließt Frau W, ein Kind zu bekommen - ohne mit Herrn W darüber zu reden. Sie setzt die Pille ab und wartet.

Babysocken in der Box

Es dauert sieben Monate, bis sie endlich schwanger wird. Um ganz sicher zu gehen, wartet sie aber, bis sie im dritten Monat ist. Erst dann will sie es Herrn W sagen. Sie hofft, dass er sich über das Kind freuen wird. Natürlich erwartet sie, dass er sich jetzt endlich von seiner Frau trennen wird. Sie ist es leid, alle Feiertage und alle Einladungen alleine zu verbringen. Sie will endlich auch eine Familie haben und möchte nicht mehr die Zweitfrau im Hintergrund sein.

Frau W kauft Babysocken, packt sie in eine kleine Box und lädt Herrn W zu sich in die Wohnung ein. Sie kocht ihm ein Fünf-Gänge-Menü, serviert seinen Lieblingswein, dekoriert den Tisch wie er es gerne mag und kann es kaum erwarten, wie er reagiert.

Sie plant die Überraschung bis ins Detail und setzt alles nach Plan um. Nach dem Dessert überreicht sie ihm die Box mit den Babysocken. Herr W öffnet die Box, wird ganz weiß und meint, dass es sich hoffentlich um einen schlechten Scherz handle.

Nachdem Frau W ihm voller Freude die Ultraschallbilder überreicht hat, steht er auf, geht zur Türe, dreht sich nochmals um und sagt: „Du hast mich hintergangen. Ich möchte mit dir nichts mehr zu tun haben - weder beruflich noch privat. Lebe wohl!"

Frau W ist entsetzt und gekränkt. Sie meldet sich krank und überlegt, was zu tun ist. Sie beschließt, das Kind trotzdem zu bekommen und lässt sich innerhalb des Krankenhauses versetzen. Während der ganzen Schwangerschaft hört sie nichts von Herrn W. Frau W verbringt sehr viel Zeit alleine und macht sich einen Plan, wie sie ohne Herrn W zurechtkommen will. Sie erzählt niemandem, wer der Vater ist und gibt Herrn W auch bei der Geburt nicht als Vater an.

Nach der Geburt besucht Herr W Frau W, um den gemeinsamen Sohn zu sehen. Er macht Frau W große Vorwürfe, dass sie egoistisch und hinterlistig sei. Er hätte sich in ihr getäuscht und er möchte sie und das Kind nie mehr wieder sehen. Er sagt ihr, dass sie sich nach der Karenz einen Job in einem anderen Krankenhaus suchen solle.

Nachdem Frau W realisiert hat, dass Herr W sich niemals zu ihr bekennen wird, willigt sie ein und bewirbt sich in einem anderen Krankenhaus, wo sie sofort nach der Karenz beginnen kann.

Frau W ist sehr glücklich mit ihrem Sohn. Sie konzentriert sich nur auf ihr Kind und ihre Arbeit. Außer einer Freundin, die ihr ab und zu bei der Kinderbetreuung hilft, trifft sie niemanden. Sie geht komplett in der Kindererziehung auf. Der Sohn ist ihr ganzer Stolz und sie bereut keine Minute, ihn bekommen zu haben.

Die Jahre vergehen und von Zeit zu Zeit fragt der Sohn nach seinem Vater. Frau W weicht immer geschickt aus und solange er klein ist, kann sie das Thema gut vermeiden. Aber als der Sohn sechzehn Jahre alt ist, möchte er unbedingt wissen, wer sein Vater ist und warum er nicht da ist. Frau W versucht alles, um es nicht sagen zu müssen, aber letztendlich hat ihr Sohn auch ein Recht darauf, die Wahrheit zu erfahren.

Frau W kontaktiert Herrn W und bittet ihn um ein Treffen in einem Restaurant. Sie möchte zuerst mit ihm alleine sprechen und dann solle der Sohn dazukommen.

Herr W trifft Frau W und sie informiert ihn darüber, dass ihr gemeinsamer Sohn nun endlich seinen Vater kennen lernen soll. Herr W ist nicht einverstanden und möchte gehen.

Als der Sohn in das Restaurant kommt, will Herr W aufstehen und das Lokal verlassen. Frau W erpresst ihn aber, indem sie ihm sagt, dass er mit seinem Sohn reden solle, sonst würde sie auf der Stelle zu seiner Frau fahren und ihr alles erzählen. Im Streitfall würde ein Vaterschaftstest beweisen, dass er der leibliche Vater ist.

Herr W benimmt sich seinem Sohn gegenüber sehr distanziert und abweisend. Daraufhin beschließt Frau W, finanzielle Forderungen an ihn zu stellen. Sie ist sehr gekränkt, weil er ihr Kind so schlecht behandelt, obwohl sie beide nie etwas von ihm gefordert haben und ihn - wie es sein Wunsch war -nie kontaktiert haben.

Sie fordert, dass Herr W dem Sohn seine weitere Ausbildung zahlen muss. Herr W willigt ein, er trifft sich nochmals mit Frau W, um die Details zu besprechen. Im Gegenzug muss Frau W unterschreiben, dass sie ihn nie wieder kontaktieren wird.

- X -

Frau und Herr X leben mit ihren drei Söhnen und der Mutter von Herrn X auf einem Bauernhof am Land. Der Hof wird von Herrn und Frau X bewirtschaftet. Weil das Einkommen aber nicht reicht, arbeitet Herr X zusätzlich Vollzeit bei einer Versicherung. Frau X übernimmt die meiste Arbeit am Bauernhof und auch die Kindererziehung bleibt größtenteils an ihr hängen. Die Mutter von Herrn X ist noch sehr agil und hilft ihr, wo sie kann. Die beiden Frauen verstehen sich gut, es gibt kaum Unstimmigkeiten.

Frau und Herr X kennen einander schon seit ihrer Schulzeit und heiraten kurz nach dem Schulabschluss. Sie sind beide sehr bodenständig, fleißig und lieben die Natur. Wann immer es ihre Freizeit erlaubt, gehen sie wandern, Rad fahren oder fischen. Die ganze Familie genießt es, auf einem Bauernhof mitten in der Natur zu wohnen.

Morgens melkt Herr X die Kühe und füttert alle Tiere. In der Zwischenzeit macht Frau X die

Kinder fertig und Herr X liefert sie am Weg zur Arbeit in der Schule ab. Die Mutter von Herrn X hilft auch schon in der Früh mit, um die Tiere zu versorgen. Wenn sie damit fertig ist, frühstückt sie mit Frau X und sie besprechen alles, was zu erledigen ist. Die Familie beschreibt sich als gut eingespieltes Team. Natürlich kommt es manchmal auch zu kleinen Unstimmigkeiten, aber grundsätzlich gibt es keine Probleme.

Herr X geht ab und zu am Abend aus, denn er ist Mitglied bei der Freiwilligen Feuerwehr. Wenn Versammlungen oder Feste stattfinden, ist er immer dabei. Frau X unterstützt das auch. Für sie ist es selbstverständlich, dass sich ihr Mann im Ort engagiert. Er ist seit seiner Jugend Mitglied bei der Freiwilligen Feuerwehr- das ist eine Familientradition. Herr X nimmt auch regelmäßig den ältesten Sohn mit, denn auch er soll einmal Mitglied werden. Bei Festen begleitet ihn seine Frau ab und zu, meistens hilft sie aber mit, indem sie kellnert. Die Familie X ist ein fixer Bestandteil der Dorfgemeinschaft und sehr beliebt und gern gesehen.

Verliebt in die Arbeitskollegin

Eines Tages kommt Herr X von der Arbeit nach Hause und trinkt nicht, wie üblicherweise, mit Frau X seinen Nachmittagskaffee, bei dem sie immer besprechen, was sie beschäftigt, oder was zu erledigen ist. Frau X sagt nichts und wartet ab. Auch am nächsten Tag verhält sich Herr X komisch. Seine Frau stellt ihn zur Rede und er erzählt ihr, dass er sich in eine Arbeitskollegin verliebt hat und nicht weiß, was er tun soll.

Frau X ist irritiert und gekränkt. Es kommt zu einem heftigen Streit. Am Abend, nachdem Herr X seine Arbeit getan hat, setzt er sich ins Auto und fährt weg. Er kommt die ganze Nacht nicht nach Hause. Frau X kann nicht schlafen und ist nervlich am Ende. In der Früh kommt Herr X zurück, macht seine Arbeit im Stall, zieht sich um, frühstückt mit den Kindern und bringt diese anschließend zu Schule.

Am Wochenende arbeitet Herr X wie gewohnt, aber wo er seine Freizeit verbringt ist unklar- jedenfalls nicht am Hof. Er fährt weg und kommt abends zurück, arbeitet wieder am Hof und verbringt die Nacht außer Haus.

Nach zwei Wochen greift seine Mutter ein und stellt ihn zur Rede. Er gesteht, dass er jede freie Minute bei seiner Arbeitskollegin verbringt. Diese wohnt in einer kleinen Wohnung in der nahen gelegenen Kleinstadt, wo auch seine Arbeitsstätte ist. Herr X überlegt ernsthaft, sich von Frau X zu trennen und zu dieser Freundin zu ziehen. Er ist wie ausgewechselt, auch mit seiner Frau und seiner Mutter redet er ganz verändert. Alle Versuche, ein vernünftiges Gespräch zu führen, scheitern.

Die Mutter von Herr X sucht schließlich die Arbeitskollegin von Herrn X auf und spricht mit ihr. Sie macht sie darauf aufmerksam, dass sie sich in eine Ehe mit drei Kindern einmischt und führt ihr alle Probleme vor Augen. Die Arbeitskollegin von Herrn X, die in etwa 10 Jahre jünger ist als Frau X, sieht nicht ein, dass sie Herrn X in eine schwierige Lage bringt. Sie hat die Absicht, Herrn X zu heiraten und das unter allen Umständen.

Frau X und ihre Schwiegermutter besprechen sich und kommen zum Entschluss, dass Herr X wohl oder übel dauerhaft zu der besagten Dame ziehen solle und dann werde er schon sehen, wie es ist, in einer kleinen Wohnung in der Stadt leben zu müssen. Beide wissen nämlich, dass Herr X ein sehr freiheitsliebender und naturverbundener Mensch ist, der den Bauernhof und die Lebensweise dort sehr liebt.

Sie stellen Herrn X vor die Tatsache, dass er ganz ausziehen und bei der Arbeitskollegin einziehen soll. Herr X möchte aber nicht dauerhaft wegbleiben, weil er seine Frau immer noch sehr liebt und gerne in ihrer Nähe ist. Er sagt aber gleichzeitig, dass ihm seine Arbeitskollegin so gefällt, weil sie ihn bewundert und er sich auch sexuell extrem angezogen fühlt.

Frau X und die Mutter von Herrn X wollen ihn jedoch nicht mehr am Hof haben, obwohl ihnen klar ist, dass sie wesentlich mehr Arbeit haben, wenn seine Mithilfe fehlt. Sie wissen auch nicht, ob sie es alleine schaffen werden.

Zu Beginn bittet Frau X ihren Bruder und dessen Frau, sie ein wenig zu unterstützen. Schnell spricht sich herum, dass Frau X und ihre Schwiegermutter Hilfe brauchen und da im Dorf ein guter Zusammenhalt besteht, gibt es viele helfende Hände.

Rund acht Wochen nach dem Auszug von Herrn X, bittet er seine Frau um ein Gespräch. Er entschuldigt sich und will wieder zurückkommen. Es ist ihm klar geworden, dass er ohne sie, die Kinder, den Hof und das Dorf nicht leben kann. Frau X möchte vier Wochen Bedenkzeit und will ihn währenddessen nicht zu Hause haben.

Frau X weiß, dass sie auch ohne Herrn X auskommen kann. Sie müsste sich zwar finanziell sehr einschränken, einen Teil der Tiere verkaufen und einen Teilzeit-Job annehmen, aber mit der Unterstützung ihrer Schwiegermutter wäre es machbar. Letztendlich gibt sie Herrn X jedoch noch eine Chance, aber nur unter der Bedingung, dass er sich innerhalb der Firma versetzen lässt und er die Arbeitskollegin nicht mehr trifft.

Sie lässt von ihrer Anwältin ein Schreiben aufsetzen und versucht ihm zu verzeihen. In dem Schreiben legt sie fest, dass sie umgehend die Scheidung einreichen werde, falls Herr X nochmals ausziehe. Herr X unterschreibt die Vereinbarung reumütig. Die Mutter von Herrn X hat in der Zwischenzeit den Bauernhof an Frau X überschrieben. Sie ist sehr froh über diese Entwicklung, obwohl sie ihre Schwiegertochter auch unterstützt hätte, wenn die Entscheidung anders ausgefallen wäre.

Herr X ist sehr dankbar und zieht zurück auf den Hof. Er ist überglücklich, wieder in der Natur leben zu können, seine Familie und seine Tiere um sich zu haben und nicht in einer Wohnung eingesperrt zu sein. Er beschreibt sich als Naturbursch, den man nicht verpflanzen kann und der seine Familie über alles liebt.

Frau X ist ebenfalls froh, ihren Mann wieder zu haben, allerdings ist sie jetzt vorsichtig. Sie hat aus der Situation gelernt, beobachtet alles genau und ist nicht mehr so gutgläubig wie früher.

- Y -

Frau Y und Herr Y sind seit ungefähr 10 Jahren ein Paar. Sie sind glücklich, haben viele gemeinsame Interessen und Hobbys, sind auch sehr gesellig und unternehmen sehr viel zusammen. Sie sind aufgrund ihrer positiven Art sehr beliebt und haben viele Freunde und Bekannte.

Beide sind sehr sportlich und deshalb trainieren sie nicht nur miteinander, sondern betreiben auch Sportarten, wie Fußball und Yoga, die sie nicht gemeinsam machen. Sie beschreiben dies aber als willkommene Abwechslung. Es tut ihnen gut, ab und zu auch andere Leute zu sehen und nicht nur jene, die sie beide kennen bzw. treffen. Herr Y ist sehr humorvoll und beschreibt diesen Umstand, dass sie auch Freizeit getrennt voneinander verbringen, als „Input" für Gespräche.

Beruflich hat das Paar Y auch sehr ähnliche Schwerpunkte. Frau Y ist Richterin und Herr Y ist juristischer Berater in einem großen Konzern. Sie haben beide Jus studiert, sich aber nicht während des Studiums kennen gelernt, da Frau Y im Ausland studiert hat und erst später wieder nach Österreich zurückgekommen ist. Sie erzählen, dass sie sich zuhause nicht sehr gerne über ihre Arbeit unterhalten. Sie versuchen, diese Themen eher außerhalb ihres Privatlebens zu lassen. Wenn jedoch einer der beiden ein größeres Problem hat, besprechen sie es kurz und holen die Meinung des anderen ein. Frau Y behauptet lachend, dass ihr Mann dann meist genau das Gegenteil befolgt als sie ihm rät.

Gerne hätte Frau Y Kinder, ihr Mann ist jedoch dagegen. Er ist in einer Familie mit zwei jüngeren Geschwistern aufgewachsen und hat immer auf diese aufpassen müssen und auch oft die Verantwortung für sie übernehmen müssen. Da der Kinderwunsch von Frau Y nicht extrem ausgeprägt ist und sie ihren Mann nicht unter Druck setzen will, findet sie sich damit ab, keine Kinder zu haben. Sie engagiert sich bei den Kindern ihrer Schwester, wenn Not am Mann ist und sie kümmert sich auch ab und zu um das Kind ihrer besten Freundin, die Alleinerzieherin ist.

Auch Herr Y ist einverstanden, dass hin und wieder Kinder zu Besuch kommen. Er ist auch Pate von einem Kind eines befreundeten Paares.

Die Jahre vergehen, das Paar Y ist immer noch lustig und glücklich. Sie gelten in ihrem Bekanntenkreis als das Vorzeigepaar schlechthin. Sie sind immer und überall gern gesehen. Wenn es Feste gibt, sind beide immer ein fixer Bestandteil auf der Gästeliste. Frau Y ist außerdem eine ausgezeichnete Köchin. Sie kocht und bäckt viel und jeder im Bekannten- und Freundeskreis oder in der Familie freut sich, wenn er eine Kostprobe ergattern kann.

Als die Tochter der besten Freundin von Frau Y mit 15 ins Internat geht, wird die Freundin von Frau Y etwas melancholisch und da Frau Y und Herr Y ein großes Haus bewohnen, verbringt sie viel Zeit bei ihnen. Es kommt sogar soweit, dass sie immer wieder bei ihnen im Gästezimmer übernachtet. Frau Y ist anfangs sehr froh darüber, denn dann braucht sie sich keine Sorgen um sie zu machen und kann noch mehr Zeit mit ihr verbringen.

Dies geht einige Monate ganz gut. Eines Tages stört es Frau Y jedoch, dass immer jemand im Haus ist und sie nie mit ihrem Mann alleine reden kann. Sie bespricht die Situation mit ihrem Mann, der sofort einverstanden ist, diese Umstände zu ändern.

Frau Y bespricht in ihrer sehr netten und einfühlsamen Art die Sachlage mit ihrer Freundin. Diese ist nicht glücklich, aber sie akzeptiert, dass das Paar ungestörter sein will. Ab diesem Zeitpunkt hat Frau Y das Gefühl, dass die Freundschaft mit ihrer Freundin nicht mehr so eng ist. Sie denkt, das werde sich wieder ändern und führt diese gefühlte Distanz auf das Gespräch und die Tatsache zurück, weil sie die Freundin etwas zurückgewiesen hat. Sie misst diesem Umstand nicht allzu viel Bedeutung zu, bemüht sich aber sehr um ihre Freundin.

Es vergehen einige Wochen, in denen Frau Y sehr beschäftigt ist, weil sie einerseits bei einer Hochzeitsplanung mithilft und andererseits beruflich gerade sehr gefordert ist. Eines Abends, als sie am PC arbeitet, findet sie in den Mails ihres Mannes eine sehr eigenartige Mitteilung ihrer besten Freundin- jener Freundin, die sich in letzter Zeit distanziert hat. In dieser Mail schreibt sie, dass sie Herrn Y vermisse und dass sie deshalb unglücklich sei.

Frau Y hat bis zu diesem Zeitpunkt nie etwas vor ihrem Mann verschwiegen. Aber diese Nachricht bereitet ihr ein ungutes Gefühl. Sie beschließt, ihm nichts zu sagen und abzuwarten.

Das erste Mal, seit sie mit Herrn Y zusammen ist, misstraut sie ihm, checkt seine Mails regelmäßig und versucht, sein Handy zu kontrollieren.

Sie schaut regelmäßig, ob weitere Nachrichten per Mail kommen, aber nichts Auffälliges ereignet sich. Das Handy ihres Mannes ist mit Gesichtserkennung gesperrt, deshalb gelingt es Frau Y nicht, dies zu durchsuchen. Da sich Herr Y aber wie immer verhält, sind ihre Bedenken bald wieder vergessen. Ihre Freundin ist zwar noch immer etwas distanziert, aber Frau Y schenkt diesem Verhalten nicht viel Aufmerksamkeit.

Auf der Hochzeit, welche Frau Y mitorganisiert hat, knickt Frau Y um und bricht sich den Fuß. Da der Bruch derart kompliziert ist, muss sie operiert werden. Nach dem Krankenhausaufenthalt muss Frau Y auf eine dreiwöchige Rehabilitation. Herr Y besucht sie an den Wochenenden und sie telefonieren oft miteinander.

Aufgrund einer Fehlbuchung verlässt Frau Y das Rehabilitationszentrum einen Tag früher als geplant. Sie will ihren Mann überraschen und kauft auf dem Weg nach Hause einige Lebensmittel ein, um ihm seine Lieblingsspeise zu kochen.

Als sie zuhause ankommt, steht nicht nur das Auto ihres Mannes, sondern auch das Auto ihrer Freundin vor der Türe. Sie sperrt schnell auf und überrascht Herrn Y in einer sehr eindeutigen Situation mit ihrer besten Freundin.

Für Frau Y bricht eine Welt zusammen. Es ist, als würde ihr der Boden unter den Füßen weggezogen. Die Tatsache, dass sie nicht nur von ihrem Ehemann, sondern auch von ihrer besten Freundin hintergangen und betrogen wird, ist für sie niederschmetternd.

- Z -

Herr Z und **Frau Z** sind ein sehr lustiges Ehepaar. Obwohl sie sich erst 3 Monate kennen, verloben sie sich schon und einen Monat später heiraten sie bereits. Die Hochzeit findet am Strand statt- im Sommeroutfit und ohne Schuhe- so wie es sich beide gewünscht haben. Fremde Leute sind ihre Trauzeugen- sonst ist niemand bei der Hochzeit dabei. Das Ehepaar Z feiert die Hochzeit ohne Eltern und Freunde, ganz geheim. Frau und Herr Z machen bei der Hochzeit einige Selfies, die sie via WhatsApp mit dem Text:" Wir haben geheiratet", verschicken. Viele Freunde und natürlich ihre Eltern sind sehr überrascht und etwas irritiert, weil sie damit nicht gerechnet haben. Besonders die Eltern von Frau Z, die eher traditionell sind, haben diese Art der Hochzeit und den Wunsch, alleine zu heiraten, nie verstanden.

Frau Z ist Friseurin, ihr Mann ist Maler. Sie sind ein sehr kreatives Ehepaar und wohnen in einer ehemaligen Fabrik mit sehr geringem Mobiliar, aber dafür mit vielen großen Bildern von Herrn Z, die die Wände schmücken. Da beide aus einfachen Verhältnissen kommen, haben sie

keine großen Ansprüche und leben eher
bescheiden.

Frau Z hat eine feste Stelle und ein regelmäßiges
Einkommen, deshalb bezahlt sie die Fixkosten.
Herr Z steuert immer dann etwas Geld bei, wenn
er ein Bild verkauft. Im Großen und Ganzen
kommt das Ehepaar gut über die Runden. Wenn
das Geld knapp wird, arbeitet Herr Z ab und zu als
Kellner in einer Bar.

Das Ehepaar unternimmt viele Ausflüge, betreibt
Yoga und meditiert sehr gerne. Ihre
Ursprungsfamilien sind von der Art und Weise,
wie die beiden leben, nicht begeistert, aber sie
akzeptieren es, weil sie den Eindruck haben, dass
beide sehr glücklich sind.

Frau Z ist seit jeher ein bisschen schräg, erzählt
sie, sie ist ganz anders als ihre beiden
Schwestern, irgendwie das schwarze Schaf in der
Familie. Ihre Vorgehensweise an Dinge
unterscheidet sich von der ihrer Schwestern sehr
und sie fällt auch immer durch ihre sehr
farbenfrohe Kleidung auf. Sie ist eine schrille
Person, sehr schlank und hat kurze rote Haare.
Herr Z ist auch sehr schlank und hat langes,
gelocktes, braunes Haar. Von hinten könnte man
glauben, mein Mann ist die Frau und ich bin der
Mann, erzählt Frau Z lachend.

Ein Spielfilm bringt die beiden auf die Idee, ein Jahr Auszeit an einem Strand zu nehmen. Sie kratzen alle ihre Ersparnisse zusammen, Frau Z kündigt ihren Job und sie gehen nach Ibiza. Das Leben in Ibiza ist zu Beginn sehr aufregend und abwechslungsreich. Als jedoch die Ersparnisse immer weniger werden und die beiden aufgrund des Coronavirus kein Geld verdienen können, ist der „Ausstieg am Strand" nicht so schön, wie sie es sich erträumt haben.

Umorientierung in zweierlei Hinsicht
Nichtsdestotrotz bleiben sie in Spanien. Sie lernen ein schwules Ehepaar kennen, bei dem sie beinahe kostenlos in Untermiete wohnen können. Die beiden Männer sind auch sehr schrill und deshalb verstehen sich die vier recht gut miteinander und haben es sehr lustig.

Frau Z findet einen Job bei einer älteren Dame, die im Alltag Hilfe braucht. Da Frau Z sehr gut mit älteren Menschen umgehen kann und gut Spanisch spricht, ist sie für den Job bestens geeignet. Sie ist sehr dankbar für diese Arbeit, da sie nun endlich wieder ein fixes Einkommen bezieht. Herr Z ist bei der Jobsuche weniger erfolgreich, deshalb verbringt er die meiste Zeit mit dem schwulen Ehepaar, das sehr nett ist.

Frau Z muss aufgrund diverser Umstände auch ab und zu bei der älteren Frau übernachten, was für sie absolut kein Problem ist. Die Dame ist nämlich sehr liebenswürdig und hat viel zu erzählen, außerdem gibt es mehr als genug Platz in ihrem Haus. Auch Herr Z kommt tagsüber ab und zu in das Haus der alten Dame, redet mit ihr, repariert Kleinigkeiten, hilft im Garten und besucht seine Frau.

An ihrem freien Tag, meistens sonntags, unternimmt das Ehepaar etwas miteinander oder sie genießen es, einfach am Meer zu sitzen und zu reden, ein Glas Wein zu trinken und zu relaxen.

Die Wochen vergehen und Herr Z kommt immer seltener in das Haus der alten Dame, um seine Frau zu besuchen oder kleine Reparaturen zu machen. Er bevorzugt es, zuhause zu bleiben. Frau Z macht sich anfangs keine Gedanken darüber, weil sie denkt, ihr Mann habe Angst vor Corona und möchte auch die Dame nicht beunruhigen oder gar anstecken. Frau Z kommt einige Wochen nicht in die Wohnung des schwulen Paares, weil sie sich um die Dame sorgt, der es gesundheitlich nicht gut geht. Das Ehepaar telefoniert zwar oft miteinander, aber Frau Z hat manchmal das Gefühl, dass irgendwas nicht in Ordnung ist.

Sie spricht ihr Gefühl an, aber Herr Z meint, sie bilde sich das nur ein und es sei alles in bester Ordnung. Er sagt, dass er manchmal an die Zukunft denke und dass er sich deshalb Sorgen mache. Weiters erzählt er ihr, dass einer der beiden schwulen Freunde für 3 Wochen zu seinen Eltern auf die andere Seite der Insel gezogen ist, weil sich die beiden massiv gestritten haben.

Frau Z vertraut ihrem Mann grundsätzlich schon, hat aber auf einmal ein ungutes Gefühl. Eines Nachts wird sie munter und hat das Bedürfnis, ihren Mann zu sehen. Sie schreibt der Dame, dass sie dringend weg müsse und am nächsten Tag wieder zurück sei. Dann schleicht sie sich aus dem Haus und fährt zu ihrem Mann.
Sie findet ihn im Bett mit einem der beiden Schwulen. Frau Z macht einen Skandal, schreit, tobt und bekommt einen Heulkrampf. Sie ist am Boden zerstört.

Es folgen Gespräche, dazwischen Schreiorgien und Heulkrämpfe von Frau Z. Herr Z gesteht ihr, dass er bemerkt hat, dass er sich auch von Männern angezogen fühlt, sich aber nicht von ihr trennen will und sie sehr liebt. Frau Z möchte sofort abreisen und setzt alles in Bewegung, um nachhause fahren zu können, aber ohne Erfolg. Herr Z will mit ihr mitkommen, wo auch immer sie hinfährt oder geht. Ihre Wohnung daheim ist allerdings vermietet und sie haben keinen Platz zum Wohnen.

Frau Z bespricht ihr Problem mit der alten Dame. Diese schlägt vor, einige Zeit vergehen zu lassen. In der Zwischenzeit kann Herr Z in einer kleinen Wohnung, die auch der alten Dame gehört und gleich in der Nähe ihres Hauses liegt, wohnen. Herr Z beginnt wieder zu malen.

Frau Z versucht, mit der Tatsache, dass ihr Mann auch an Männern interessiert ist, klar zu kommen. Herr Z versichert seiner Frau, dass er sie noch immer liebt. Es folgen stundenlange Gespräche und letztendlich, nach einigen Wochen, entschließt sich Frau Z, es nochmals mit ihm zu probieren. Sie liebt ihn nach wie vor und möchte ihn als Mensch und auch als Ehemann nicht verlieren. Allerdings beschließt sie, diesen Vorfall (abgesehen von der alten Dame) ganz für sich zu behalten, denn sie hat Angst vor den Kommentaren anderer Menschen. Sie will sich auf gar keinen Fall jemandem aus der Familie anvertrauen. Ihre Eltern und Geschwister würden ihr mit Nichtverständnis gegenüberstehen und ihren Mann nicht mehr akzeptieren.

Nach einigen Wochen zieht auch Herr Z zu der alten Dame ins Haus, die kleine Wohnung verwendet er als Atelier. Die alte Dame ist für jede

Abwechslung dankbar und lässt ihre Beziehungen spielen, damit Herr Z eine Ausstellung machen kann. Frau Z hilft ihm dabei. Das Ehepaar verbringt wieder viel Zeit miteinander und langsam verblasst die Erinnerung an den Seitensprung.

Zum Schluss

Als ich nach Jakarta zog, hörte ich immer wieder, wie anders Indonesier und wie unterschiedlich die Bewohner der einzelnen Inseln sind und wie groß doch der Unterschied zwischen Europäern und Asiaten ist.

Indonesien ist ein großes, schönes Land mit sehr unterschiedlichen Menschen und ja, es ist anders als Europa. Es gibt diverse Kulturen, Sprachen und Religionen. Doch so verschieden Menschen auch sind, so ähnlich sind ihre Probleme in Partnerschaften.

Warum sprechen wir nicht öffentlich darüber? Reden wir über die Geschichten, die das Leben schreibt.

Für sich selbst kann man gut planen und das tun wir auch, aber in einer Beziehung geht das schon nicht mehr so leicht: wir wissen nicht, was morgen ist und ob der andere ein Geheimnis hat. Ehen schließen, Kinder bekommen…. das alles sind Komponenten, die ständig in Bewegung sind und deren Sinn wir oft erst zu einem späteren Zeitpunkt verstehen können.

Haben Sie den einen oder anderen Fall gelesen, der Sie an Ihre derzeitige oder frühere Situation erinnert? Haben Sie gedacht, dass es solche Beziehungsprobleme und Verläufe gibt? Können Sie sich vorstellen, eine der Geschichten aus diesem Buch zu erleben? Oder stecken Sie mitten drin?

Es ist, wie es ist- und wenn wir in Zukunft offener mit unseren Herausforderungen, die uns das Leben stellt, umgehen, dann können wir die eine oder andere Situation leichter bewältigen. Solange wir Scham und Furcht empfinden, machen wir uns das Leben nur schwerer als es ist. Warten wir unsere Beziehungen wie eine Blackbox!

Das Leben hat Vieles für uns bereit- Schönes, Wunderbares und manchmal auch Hürden, die es zu nehmen gilt. Aber letztendlich sollen wir auch dankbar sein für alles, was das Leben für uns bereithält. Ich habe einmal einen Spruch gelesen, der besagt: Das Leben ist schön, aber niemand hat behauptet, dass es leicht ist. So empfinde ich das auch und vielleicht machen uns manche Einblicke, Erfahrungen und Botschaften einfach stärker und gelassener.

Vielleicht läuft alles nach Plan.

Vielleicht ist morgen alles anders.

Wir wissen nicht, was uns das Leben bringt.

Das Leben ist kein Problem, das es zu lösen,
sondern eine Wirklichkeit, die es zu erfahren gilt
(Buddha).